저자 근영

✤ 1963년 결혼사진.
▶ 주례 – 박목월 시인, 신랑 – 엄한정, 신부 – 주영순

✤ 1995년 단양 금수산에서 아내 주영순과

✤ 부 – 엄주용, 모 – 김원임

▶ 우로부터 미당 서정주 시인 엄한정 김기억

❖ 성균문학 시상식에서(아내 아들 딸 며느리 손자녀)

❖ 1995년 중국 만리장성에서 아내와

❖ 1997년 백두산 천지에서

❖ **가족** - 자녀 오남매와 사위 며느리 손자녀

❖ 1997년 백두산천지에서 (우로부터 이상규 함동선 엄한정 송복순)

❖ 2003년 미당시문학관에서(우로부터 함동선 이성교 엄한정)

❖ 2003년 미당3주기 미당시의 밤
▸ 앞줄 좌로부터 송문헌 엄한정 장윤우 함동선 이성교 송동균 민영.
▸ 뒷줄 좌로부터 김용언 한승욱 황송문 윤석호 임상덕 이수화 이옥희 박정희 신동춘. 건너 안혜초

❖ 2005년 **성균문학상 수상식**(좌로부터 장윤우 주영순 엄한정 이창년 변세화 / 뒷줄 이동희 안광태 김두자 김운향 한승욱 정명섭 송문헌)

❖ 1991년 한국현대시인상 수상식에서(우로부터 김춘수 문덕수 이석 이원섭 이봉래 엄한정 정공채)

❖ 1987년 죽도해수욕장 해변시인학교(앞줄 좌로부터 엄한정 홍완기 황금찬 신달자 신규호 / 뒷줄 중앙 성춘복

❖ **출판기념회에서**(중앙 서정주 시인 우편 끝 김기억 좌편 끝 엄한정)

❖ 2002년 **백담사에서**(우로부터 황송문 송문헌 엄한정 함동선 문덕수 김종희 김규화)

❖ 2004년 **청계산에서**(앞줄 좌로부터 정유준 엄한정 문덕수 함동선 남기수 / 뒷줄 좌로부터 신광호 김규화 김두자 한승욱 최단천 정태완 변세화 박춘근)

❖ 1991년 **관악산에서**(앞줄 좌로부터 김규화 문덕수 장윤우 정득복 송상욱 / 뒷줄 좌로부터 이동희 오만환 이수화 원영동 엄한정 함동선)

❖ 2012년 서정주 시인 생가에서(좌로부터 황송문 조병무 함동선 건너 성춘복 서정범(미당 아우) 송동균 엄한정 이성교 윤석호 이창년 김기억)

❖ 한국현대시인협회 대구문학세미나장에서(좌로부터 박종수 심상운 엄한정. 건너 신동집 김동리 변세화. 건너 손해일)

❖ 1992~1994 **한국현대시인협회 회장단**(앞줄 우측에서 엄한정 함동선 장윤우 / 뒷줄 이수화 공석하 손해일 조병무)

❖ **함동선 시인 출판기념회**(우측에서부터 이동희 정득복 장윤우 함동선 엄한정 정유준 안광태)

❖ 2005년 성균문학상 시상식장(아내와)

❖ 장흥의 시비공원에서(우로부터 이창년 최재환 임상덕 변세화 엄한정)

❖ 1991년 한국현대시인상 식장에서(이원섭 시인)

❖ 좌로부터 최은하 이원섭 엄한정 변세화

❖ 2002년 **백담사에서**(좌로부터 엄한정 문덕수 함동선 황송문 송문헌 김종희 김규화)

❖ 엄한정 조경희 이숙 수필가

❖ **농민문학상 시상식**(좌로부터 함동선 오만환 최단천 정득복 엄한정 문덕수 외 여러 문인 하객들)

❖ 함동선 황송문 외 한국문인산악회원들(좌편 끝 엄한정)

엄한정 시전집

문학사계

머리말

　내 나이 미수가 되어서 이제 사진 찍어 자손에게 넘겨 주듯이 이
제까지 써온 시를 전집으로 발행하고자 한다. 이것은 내 욕심일지
도 모르겠다.

　2023년은 내 결혼 60년, 등단 60년이 되는 해이다. 이 시 전집은
60여 년 정성을 들여 지은 내 시정신의 집이라 하겠다. 여러 사람
과 함께 살고 싶어서 지은 집이다. 이 집에 많은 사람이 와서 오래
오래 살았으면 좋겠다.

　나의 시집이 마을의 느티나무 아래 지은 정자였으면 좋겠다. 그
리고 나의 시 짓기는 내가 하고 싶은 말이기보다는 독자들이 듣고
싶어하는 노래가 되었으면 좋겠다. 그래 이 행복한 에너지가 독자
들에게 잘 전달되길 바란다. 하기는 참말 좋은 시는 바다 밑바닥에
사는 진주조개를 캐내는 것 같아서 60여 년을 해 와도 어렵기는 마
찬가지다.

　나의 작품이 어느 정도의 생명을 지닐 수 있을까, 미래의 독자를
상상한다는 것은 시인으로서 즐거운 일이다. 미래의 독자에 국한
될 성질의 것이라 할 수 없다. 오늘에도 그와 같은 미지의 독자가
있을 수 있으며 나는 그들을 향하여 즐거운 마음으로 시 짓기를 하
며 또한 시집을 엮는 것이다.

18

이 시 전집은 시집 『면산담화』, 『풍경을 흔드는 바람』, 『나의 자리』와 그 이후 지금까지 발표한 작품들을 묶어 내는 것이다. 이 가운데 시 선집 『면산담화』는 1999년까지 내가 펴낸 시집들 『낮은 자리』, 『풀이 되어 산다는 것』, 『머슴새』, 『꽃잎에 섬이 가리운다』와 동인지 『이 한세상』에 수록했던 작품들로 펴낸 것이다.

그러므로 이번에 내는 시 전집이 여덟 번째 내는 시집이 되는 셈이다. 시집을 펴내면서 새삼스럽게 아내와 가족들에게 고마움을 표한다. 시집 내 주시느라 애쓰신 황송문 시인께 감사의 말씀을 전한다.

2023년 5월 엄한정

차례

제1부 면산 담화

제2부 풍경을 흔드는 바람

제3부 나의 자리

제4부 나의 자리 이후

제1부

면산 담화

멀리서도 보이는 꽃

모란
밤중의 소나기에 해갈하는 꽃
역겨운 비누 냄새 씻고
맨몸으로 풀밭에서
간지럼을 먹고 있다
속살과 잔뿌리가
일어서는 팽팽한 탄성
자지러지는 꽃술이
단비의 혀 속에서 녹는다
북을 찢는 공주公主의 얇은 입술처럼
현기眩氣를 동반한 꽃잎이 파르르 떤다
두터운 포옹에
떨며 만나는 진홍빛 밤의 개화開花
심지心地에서 피어나는 나의 모란
아내여, 지금도 풀향기 은은한
푸른 산처럼 멀리서도 보이는 꽃.

두보의 집

물소리 글을 읽는
두보의 집 추녀는 물에 닿을 듯
앵두나무 울타리에는
벌이 꽃과 속삭인다
두보의 우물을 먹은 개가
풍월을 읊조리며 집을 지킨다
나그네 물 한 바가지 떠 먹고
뻥 뚫린 빈 뜰에서
낙화시절落花時節을 읊조린다
곳곳에 집들이 아름답게 비어 있다.

등걸

등걸도 앉음새 있는가
살아 있을 때처럼
바로 앉기를 좋아한다

청태青苔 두르고
풍란風蘭을 치며

한 편片 망가져도
그 모습이 그 모습

아리고 쓰린 일
다스려 안으로 돌돌 뭉쳐 안고

털고 또 깎을수록
윤나는 속살

살갗에 흙칠하고
청태青苔를 쓰고.

시詩를 말하는 염소
- 자화상

검은 소든지 곰이기를 원하지만 남들이 염소라고 나를 부른다. 고대신선도古代神仙圖 속 깊은 산자락 바위 위에서 부시시 잠깐 일어나서 온 것 같은 염소. 시詩를 말하는 염소. 그의 풍류風流는 뙤약볕을 등때기에 쬐는 것과 매캐한 저녁연기 냄새를 맡는 것들이다.

가뭄 끝에 모내는 날, 七公主에다 비로소 손자를 보는 할머니는 어미젖이 많을지 걱정이었다. 어머니는 모주母主를 자시고, 아기는 모주로 고인 젖을 빨았다. 외지外地에 나갔다가 집에 돌아오는 아버지는 삼십 리를 참고 걸어서 당신 전답田畓에 오줌을 누었다.

모주로 자란 아이는 순 식물성이었다. 음력陰曆을 닮아 그늘과 고요한 쪽에만 빠져들고, 생살을 씹는 짐승들을 무서워한다. 한 쪽 어깨만 요때기에 조금 기대고 동지설달을 살아온 세월. 농사일 놓은 지 수삼 년이 되어도 남들이 촌놈이라 한다. 토담집에 바깥부엌을 쓰는 내 집은 서울의 시골이란다. 그들은 내 이마에서 개울을 보며, 육성肉聲에서 풀냄새를 맡으며 또, 二·三千日은 한 몇 분分쯤으로 알고 사는 염소를 보는 것을 달가워한다.

별거別居하는 당신은

미미한 흔들림이여
잎 진 뒤엔
말간 하늘로 내려앉은 빈 자리

개난초여
알리다

일부러 안 할 일은
씨 부리는 일

해마다
그 자리엔
그런 꽃들
안 피었던가

무위한 날
더욱 캄캄한
한 달포를 지나
당신이 입고 오실
하얀 홑옷이

구월九月이면 추울까

이제
빈터에 남은
절벽 같은
고요만을 가지면

이 고요 다시
밀물져 오는
밖에서
일부러
안 오셔도 아오
고향처럼 훈훈한
당신.

애가哀歌

명주실꾸리
몇 개를 풀어 넣어도
닿을 수 없는
깊은 물길
어머니 눈에 고이는,

바위틈으로 스며 나와
하얗게 날이 새는
어머니의 새벽 뜨락에
이슬로 맺히는 슬픔

정성만으로
어쩔 수 없는

아가야

어느
나뭇가지를 흔들다
잠깐 쉬었다 가는
너는 바람일까

구름이 나래를 거두고
돌아앉은 산기슭
삿갓을 덮은
너의 잠자리

잔디에 맺히는 구슬
엄마의 것일까
아가의 것일까.

전안奠雁에 드리는 노래

시위시여 시위시여 시위시여
놓아주소서

하늘을 통하여 오는
운율로 그득한 관악기

나는 화살이요
청청한 대나무로 자랐습니다

때로는 풀잎처럼 흔들릴지라도
마음대로 이게 하시고

늘 팽팽한 육성肉聲
자애의 채찍과 함께 하시며
낭기마郎騎馬를 타게 하소서

시위시여
땡볕 같은 아버지

마침내 자갈밭일지라도
조강한 자리 보아
새끼들을 기르면

쑥맥 같은
쑥맥 같은
이들

두루 신묘神妙한 소리 내는
피리 되게 하소서.

누님 생각

맵고 짠 시집살이
넌지시 돌봐 주시니
이 시름 다
그 낭군 탓이야 하지 않고
오늘도 행주나루에
배 뜨기를 기다려

한다릿길 백 리를 가던
조랑말 발 같더니
허무한 행주나루
뱃길을 젓는 마음
궂은 날 홀로 불켜고
자개농을 만진다

홀로된 뒤에
손수 논밭일 쪼들리며
작년 빚 다 가리고 남을
풍년 빌더니
문설주 들이치는 비
이 밤 내내 오려나

허리띠 조르고는
가마니 멍석 치고
일손을 잠시 잠깐 놓을 수 없다마는
어쩌노,
하늘만 보며 살아가는 두더지.

낮은 자리

항상 넉넉하고 푸근한
어머니가 지어주신 바지 저고리

목노집 술청처럼
흉금을 놓고 마주하는 자리

맨발바닥엔 아직
쑥내음이 난다

사양 없이 잔을 권하며
말을 놓고 하는 사이
안면엔 훈훈한 바람이 일고

세월은
아낙의 키에 실리는
청보리 껍질

나이를 잊고
편한 몸가짐을
바람과 서리에 실리면

귓속엔 항시 열여덟
맑은 물살이 흐른다.

머슴새

논에서 돌아오는 아버지와
밭에서 돌아오는 어머니가
문전에서 만나는 시간에는
서산에 늑대별이 뜬다

우렁이 껍질처럼 달리는 체중에
아버지 주머니엔 올방개
어머니 치마폭엔 땅꽈리 몇 톨
귀소의 발길은 가볍다

가난이 불행인 줄 모르는 아이는
올방개와 땅꽈리 만으로도 행복하였다
식구들이 상머리에 앉을 때는
머슴새가 쫏쫏쫏쫏 깃을 찾는다

그 고향의
굴보천이 운하가 되고
웃말밭에 마천루가 서는 것은
아랑곳없다
잊혀 가는 동요를 노래하며

조상의 솔밭
선산을 찾는 마음에
소를 모는 머슴새 소리 여전하다.

상강霜降의 이슬

날은 늘 쾌청이 아니라도
아버지의 산소山所는
새 무덤보다 늘 평화롭다

잔디에 메싹과 쇠뜨기를 뜯고
돌아서는 햇살 속
끊일 듯 끊일 듯
때늦은 쓰르라미는
성냥개비처럼 마른 울음을 거두었다

적막한 산길에
알밤이 툭 떨어진다
자위 돌아 떨어진 생애
타버린 숯처럼 안락하다

숯은 은혜로운 이슬을 빨아들이며
아버지는 지금 고추밭 귀퉁이에
삿갓으로 덮여 있다

등 시린 베잠방이에
잔디풀 노랗게 물들고 있다

피사리 골걷이가 끝나는 계절
안식의 날이 다가온다
실한 꽃은 올찬 씨를 받고
증발한 이슬이 서리로 내린다
국화꽃처럼 속 찬 배추밭
천지天地는 마침 상강을 맞이하여
하늘도 쾌청이다.

상사화相思花

5월에 불던 바람은 풀냄새
8월에 불던 바람은 꽃냄새
땅 끝에서도 만날 수 없는 연인
연인과 연인이 바람 속에 만난 상사화相思花
이별이 없이 피안에 새로 피는 꽃

잎이 나서 흐드러질 때
꽃은 땅 속에 잠자고
꽃이 필 때
잎은 이미 시들어
상사화는 이별이 없다

한 이름으로 한 우물을 파지만
잎은 5월을 살고
꽃은 꽃대로 8월을 산다
사랑하며 등지고 사는 생애

잎에 서리 내리면
꽃에 눈물은 썩고
우리는 천형天刑의 인연
그러나 자리를 옮겨 앉지 않았다

만날 수 없어
그 그리운 이별
나이 당년에
소슬한 청상의 생애가 끝나며
있어도 없는 듯이
없어도 있는 듯이
空地에 밀물지는 고요

서러운 것들을 모두 사랑하리라
꽃은 멀리서도 보이나니
뿌리 홀로
땅 속에 웅크리고 있다.

해거름

참새처럼 외로운 황소가
구름 언덕을 넘어가고 있다

추억의 구슬처럼 계양산桂陽山이
고향 멀리 보인다

무지개를 찾아 나선 아이가
이삭을 한 줌 쥐고 어머니 치마폭에 안긴다

건강한 수숫대에 단물이 이제 마르고
땅꽈리 몇 톨 농익어 떨어진다

촉촉이 젖는 누나의 등때기에서
탐스런 아기가 잠들고 있다

쌉쌀한 들국화가 하느재고개를
노랗게 물들이며 넘어오고 있다

그루터기들은 안식 위에 서고
저녁놀이 그날의 남루를 불태운다

울타리 너머 누룩 뜨는 냄새
인정 마른 가슴들을 훈훈하게 뎁힌다

밭두렁에 풀잎 이슬 신선한 평화
삽과 호미날에 맺힌 응어리를 푼다

부엉이도 해거름에 비로소
날기 시작하였다.

손때 묻은 까치알

한여름 반찬으론 열무김치를 먹고
추석에는 검정고무신을 신었다
발 편하고 새지 않는 신
닦으면 다시 새것이 되는 검정고무신을 신었다
작은 것이 신기하던 때에
뒷집 종서네 고목 까치집엔
춘궁기면 더욱 알이 많았다
형들은 그걸 잘도 꺼냈고
어찌어찌 하나 얻어걸리면
진종일 주머니에 넣고 손때를 묻혔다
열무김치 연하게 씹히는 언덕에서
새고 나면 날마다 코흘리개들 모여
노래하며 죽마竹馬를 탔다
호박잎 따서 모자 해 쓰고
둥지를 뒤진 새알은 늘 아이들 수보다 적었다
그것을 호파에 구워 먹긴 감질만 났다
매캐한 저녁연기에 시장기가 돌면
엄마의 얼굴이 달 만하게 떠올랐다.

대금 소리

네가 간 산에
내가 간다
안개 속보다 어두운 길목을 돌아
꺾여버린 외마디
청솔 같은 아들은 갔다
그 목숨을 대신할 수 없이
대낮도 그믐밤처럼 캄캄하여
대금을 분다
이 빠진 사발을 가슴에 묻고
긴 겨울밤을
숨겨온 칼날을 물 듯
대금을 분다.

풀이되어 산다는 것

고도孤島처럼
벽 속에 묻혔던
생애의 남루를 벗고

자네
가더니
바람결에
다시 오네

눈 속에 묻었던 이야기
물소리도 살아나고
제비꽃도 머릴 들었네
풀이 되어 사는 것은 어떤가

두엄에 던져지는
풀각시처럼
자네 사발
산에 묻고 나서

강물을 보며
이제 쬐금
거름이 되는 법을
익히고 있네.

해송海松을 보며

허전한 하루
해송海松을 보며
빈 가슴 바람으로 채운다

팔 남매의 칠공주七公主
두 딸 저승에 앞세운
어머니의 하얀 체념이
솔가지에 백발로 날린다

엄나무 등걸 이끼처럼
골방에서
마른 손이
손자 손녀 등 다독이며
삘기 냉이 끄량풀 얘기를 한다.

늙어 가는 외로움을
썰물에
갯망둥어처럼 떠내려 보내고

바람 속 절벽에
해송으로 서서

바다로 산으로
솔씨를 날리며
씨가 되기를 바랜다
싹이 트기 기다린다.

뒤로 돌아서 드는 길

먼 빛으로도 삼삼한
물에서 보는 산
산에서 보는 물

모천母川을 찾는 연어처럼
제 고향 흙냄새 그리워
길 떠난 휴일休日
고향 하늘 아래
머릴 빗고 옷먼지를 턴다

예서는 눈먼 이도
새 소리로 산 빛을 짐작한다
흙냄새 풍기는 순이를 본다

오목다리로 뛰놀던 옛 집터
저수지로 들어가고
지금 그 물 위에 낙서를 한다
연자매며 이 빠진 사기그릇을
추억에서 건지는 유년의 뿌리

물가에 내려온
산 가르마
뒤로 돌아서 드는 길에
상수리 몇 톨 주워 땅에 묻는다.

완충지대 갈대들은

완충지대 갈대들은
두루 허리가 굽어
고향에 절하고
굽어 자란 소나무 가지에는
마침 재두루미 와서 있다

날짐승도 벼랑을
바로 오르는 법 없이
돌아돌아 제 둥지를 찾아가는데
갇힌 살쾡이처럼 밭은기침하며
선산에 성묘를 말로만 하는 사람이 있다

D.M.Z. 포대경에 눈을 맞추면
고향을 가리키는 검지 끝에
불이 켜지고
옛날 신방의 촛불이 보인다

거기가 고향
우리들은 헛팔매질로
몸살하며

도마뱀 꼬리와 몸통의 해후를 기다리듯
해마다 망향의 동산에 불 밝히고
끼리끼리만 볼때기를 마주 부빈다.

어떻게 지내는가

요즈음 어떻게 지내는가
많이 듣는 친구들의 인사말이다
그 속내를 나는 안다

추억은 확실한 미래의 거울
'월든 숲 속의 생활'[1]을 그리워한다

관악산이 잘 보이는 남향집에 달이
때때로 나의 욕조에 와 목욕을 한다

날마다 혹은 하루걸러 마음의 먼지를 씻고
주름살을 펴기 위해 산을 오르며 새와 다람쥐를
좇는다

달력 그림처럼 아름다운 눈이 내리면
알프스 산에 든 듯한 행복을 e-메일에 띄운다

---

1) **월든 숲속의 생활** : 헨리 데이비드 소로 19C 미국의 사상가의 수필 소로가 외딴
   월든 호반에서 혼자 자연생활을 하며 쓴 수필

뒤집으면 새로 시작하는 모래시계처럼
나의 일상은 날마다 새로운 시작이다
오늘은 남한강 문양석 하나 좌대 해 놓는다

해가 기울면 내일은 또 좋은 일이 생길 것이다
모래시계를 뒤집는다.

차떡[茶餅]

보림사 산모롱이 내놓은
여심女心을 다관茶罐에 담아
한 자리를 비워둔 채
길손을 맞이한다

감물들인 치마 자락에
푹덕바람이 새삼 치운데
우물보다 가만한 몸짓으로
차를 따른다

멀리 두고 바라는 이 있어
절 문 앞에 찻집을 내고
봄을 놓치고 우는 소쩍새처럼
산 속에 와 앉았다

'퇴계 애인 두향을 아느냐'
묵은 연문戀文에 가필하듯
너스레로 묻는 길손에게

차떡을 내놓으며 여인은 웃는다
'여기가 바로 절터로다'하니

또 한번 웃는 볼이며
구슬같이 반짝이는 눈이
숯이 타는 그의 가슴만 같다.

면산담화 面山談話

아껴 먹듯이 산길을 간다
나는 오르고 산골물은 내려간다
능선에 걸린 해는 황혼을 재촉하지만
내 발걸음은 늙은 나무처럼 점잖다
오를수록 가파른 길은 하나로 합치며 좁아지며
물소리는 잦아들고
나뭇잎들이 나와 같은 저음으로 합창한다
가다가는 자작나무들이
두 살 박이 아기처럼 끊임없이 종알거린다
뻐꾸기와 꾀꼬리가 청을 돋군다
나도 마른기침으로 컹컹 산을 울리다
산까치가 마른 가지에서 내려와
잰걸음으로 내 앞에 간다
날 수 있는 까치가
갈 길을 아껴서 걸어서 간다
다 알면서 침묵하는 나무와
모르는 걸 아는 체하는 사람을
용납하는 산
늙었지만 더 젊게 사는 법을 나무에게 배운다.

주인은 바람

빈 집 주인은 바람
뜰에 풀씨와 꽃씨를 섞어 뿌린다
까치와 다람쥐와 아이들이
빈집이라고 와서 논다
누가 주인을 자청해도 관용한다
주인은 자물쇠나 빗장을 걸지 않으며
문패나 못 하나 박지 않는다
집을 비울 때도
밤낮 없이 문을 열어 두면
먼 길 나선 지친 나그네
주전자에 끓는 차를 마시리
문학이 취미인 사람이면
책상 위의 책을 즐기며
허기진 사람은 찬장을 열고
떡과 꿀을 자셔도 좋다
잃어버리는 것은 없다
인심 좋은 바람이 불어올 때
여린 풀과 자잘한 꽃들도 머리를 든다
바람의 집에는 지폐도 한낱 가랑잎이다.

회갑 여행

아이들이 모두 내 앞을 떠날 때까지
미루어 두었던 신혼여행을
오 남매의 성화에 떠밀려
이제야 희고 긴 구름의 나라
뉴질랜드에 가다.
아내의 회갑년 맞이로
긴 여행 말미에 생각나는 친구여
따님이 뉴질랜드로 시집간다고
심살내릴[2] 것 무언가
정말 사람 대접을 하는 나라 거기
로토루아나 타우포 호수 쿡산이나 밀포드 해안
경관도 경관이지만
봉숭아꽃을 가꾸며 행복한 우리 노옹이 살고
우리 옛날처럼 넉넉한 인정이며
있는 것들 헐고 막고 하는 일 없이
모두 제자리에 두고
모든 생령들을 똑같이 사랑하는 사람들이
연가의 해피엔딩처럼 살아가고 있었네

---

2) **심살내리다** : 조그만 근심이 늘 마음에서 떠나지 않다.

자네 회갑은 지났겠지
아내의 회갑은 언제인가
희고 긴 구름의 나라 그곳엔
산성비란 없으니 우산 준비는 안 해도 되네.

두 개의 돌

새 두 마리
강가에선 따로이던
돌 두 개
우리집에 와서는
아름다운 나의 노래

강가에 뒹굴 때는
그냥 까만 돌이더니
좌대에 앉아서는
물새가 되어

풍선처럼 터지는 날개라도
날개가 있다면
그리운 강펄 황량한 곳으로
마음은 자꾸만 떠나자 하네.

경포대의 봄

경포대 벚꽃 축제에
젊은 쌍쌍이 와서
길 미어지게 노는 모양은
꽃 만발한 데 몰려드는
벌떼 같다
꽃길이며 솔숲 놀 자리가 모자란 듯
바닷가로 나오면
고래등처럼 일렁이는 기운 센 파도
모래톱에 와서는 꼼짝없이 꼬리를 내린다
신부가 신랑을 잠재우듯이
모래톱은 파도와 합궁하여
힘센 파도를 그만 잠재우는 것이다
밤 깊을수록 파도는
모래톱을 찾아 아우성인데
젊은 귀엔 그 소리가
그 소리로 들리는지
젊은 쌍쌍들은 모래밭을 떠나
어스름 꽃길로 꿈을 따라 간다.

청송

오월에 비오는 날
빈 산에서
옷을 적신다

산까치 몇 마리
깃을 찾는 계곡에
철쭉꽃 덤불

길은 산길
오를수록 좁은 길
때를 벗고 가란다

꽃도 새도
보는 이 없이
나만 여기 있다

산에서 열흘은
집에서 하루

해 뜨고 비 오고 흙냄새가 나고
그러나, 세월은 멈추어 있는 듯

나보다 나이 많은 청송들
줄기에서 가지 치고
자잘한 잎에는 맑은 바람
왕비의 젖보다 귀한 바람

내 얼굴의 주름살은
세속의 바람이 스쳐간 물결
남은 세월은
산 속에서 마음에 청송을 심자.

쑥과 유채꽃

주인은 외출하고
강아지 혼자 지키는 빈 집
마당을 빌어 평상을 놓고
마당가에 멋대로 핀 유채꽃과
쑥이며 씀바귀도 뜯어
고추장 한 종지에
지우知友 몇이 술잔을 기울이다
저녁마당에 자리를 뜰 때
그래도 남은 쑥과 유채꽃
여행길에 주머니 속 안주 삼아
이승을 사는 나그네 술 한 잔 들고
자리를 뜰 때는 새가 되어
새의 가슴이 되어
홀가분하게 날아갔으면.

신록이 온다

이끼 낀 바위 틈에
눈이 녹으면
간절한 내 마음은
풀씨처럼 하류로 풀린다

마른 나무 입술에 물이 오른다
개울에는 송사리 떼
겨울 안개 걷히고
함박꽃 움트는 들마을이 보인다

논밭 길엔 제비꽃
꽃 피듯이 오시는 임은
봄물처럼 다정하게
연둣빛 쪽문을 밀고

산들바람은 은밀한 손가락으로
나무들을 간지럼 태우며
알몸의 나뭇잎들이
까르르 웃는 신록이 온다.

산길 칠월

칠월인데 아직
목청이 틔지 않은
꾀꼬리도 있는데
콩만한 새가
나무 가지 가지로
메뚜기처럼 통통 튀어 다니며
제 몸보다 훨씬 큰 소리로
고운 노래 연주하고 있다
소음에 찌든 주름살을
일순 웃음으로 바꾸는 새 소리
진펄에서 수련을 보는 듯도 한데
나뭇잎 사이로 금빛줄을 타고 일제히 내려오는
풀매미의 합창
새도 더 오를 수 없는 하늘
칠월은 그곳에
사다리를 놓았다.

백령도 돼지집의 맷돌

초행의 우리를 안내한 사람은
무적 해병대의 고마운 장교
그도 어머니의 손맛이 그리운
나처럼 시골 사람이었나 보다
돼지집의 맷돌은 지금도 돌아가고 있다
전설 같은 맷돌이 돌아가는 동안
그 집 외손자는 손님들 곁을 맴돌며 놀고
그 집 안주인은 손바닥 부르트도록
맷돌로 콩을 갈아 순두부를 만들었다
이윽고 손님상에 오른 순두부 맛에서
옛날 새벽 골목을 깨우던 종소리가 들렸다
순하디순하게 살다 간 할머니와
어머니의 손맛이었다
그 집 외손자가 부러웠다
지금도 내 머리 속에서
돼지집의 맷돌이 돌아가고 있다.

달 씻다

남쪽 창으로 산이 바짝 다가서다
산 위에 뜬 달이 안방으로 들어온다
욕조로 옮겨서 비누질해 씻다
김 서린 달이 낯붉히며 품에 안긴다.

소이작도小伊作島에서

뻘밭에 그물 치고 네 발로 기는 등때기에 볕이 따갑다
잠겼다 떠오르는 그물은 한 뼘, 코마다 전어가 달리기를 빌었다
만조滿潮와 간조干潮를 오르내리며 기대와 낙담까지 가지고 간 바다
마당귀에 실리는 짠물을 떠서 세수하고 발도 씻는다
놀거리는 다만 말뿐, 상床을 받으면 찬그릇보다 밥그릇이 더 많다
어디로도 갈 곳을 잃고 천혜天惠의 바다를 두고 본다
솔방울 그늘만한 땅뙈기에 누울 데를 보며, 대밭 에 산나리꽃 곱
게 피듯 녀석들 크는 것을 낙樂으로 산다.

친구 어네스트

- 祝 金昌圭 畏友 回甲

어네스트는 큰바위얼굴을 닮았다
떨어질 듯 절벽 위에 질서 없는 바위들이
멀리서 볼수록 거룩한 사람의 얼굴이 되어
다정한 표정을 짓고
어네스트는 긴 세월 그를 닮고 있었다
자연을 제일 가까이 놓고 사는 친구
千手를 가진 듯 분주하게
꽃과 나무를 가꾸며
제자들을 돌보며
명상하고 공부하고 작정하고 실천하는 일에
어떤 명리도 거부하는 친구 어네스트
기쁜 일은 이웃에 돌리며
사랑과 정성으로 직분을 다하는
말과 몸짓
오늘 그대 가슴에 어네스트의 명찰을 단다
자녀 자랑엔 인색하지만
제자 자랑은 넘치는 당신과
길영의 선생님을 당신이 모시듯이
당신은 수연 잔치에서

어떤 기념비에 깊이 새긴 글자보다
빛나는 제자들의 마음을 읽는다
어네스트를 다시 읽는다.

어머니의 영전에서

- 아동희李東熙 모친을 조상하며

모래시계를 뒤집는 수천만 번의 질곡에서
오 남매를 키우시고
이제 근력을 다하여
자리를 보존하고 계실 때
고운 손을 오히려 부끄리시며
거칠고 마디 굵은 손에 식은땀이 흘러
우리는 안개 짙은 가슴이 되네
곡괭이로 파낼 수 없는 섬처럼
고독한 세월을
아들 딸 꿈나무로 달래며
한세상 질곡을 밝게 걸어오신
어머니의 가슴은 언제나 따뜻하다
눈 감고
산을 보시는 어머니
맴맴 돌아가는 외딴 산모롱이서
지금도 시계가 가느냐고 물으시며
아들 딸 보고 싶어 끝내 눈을 뜨신다
눈뜨고 걸어오신다
어리고 불쌍한 오 남매 앞에

어머니의 영정이 웃고 계신다
이제 우리 고향

매화골로 가신다고 웃으시는가
『이 한세상』 사는 것은
한 방울 물방울에 불과하여
비오니 부디부디 극락왕생하소서.

윤강원 시인의 돌

당신은 빈 배와 같은 마음으로
내게 돌을 주었다

돌은 돌이어서
받는 이의 마음에 차야 보석인 것을
어느새 나를 눈치채고
선뜻 돌을 내 주곤
크고 깊은 눈에 희디흰 미소를 지었다

그리고 젖지 않는 곳으로 떠났다
그 뒤로 당신은
내 마음에 길을 내 놓고
무시로 나들며
위엄을 떨쳐입은 고목나무거나
작별 뒤에도 살아 있는 별이 되었다

그 때 그 돌에
절절한 우정의 묘비명을 새긴다
저승까지 가지고 가야할 돌이다.

토우土牛

- 송상욱 시인 별호에 부침

흙으로 빚은 소
아니, 검정소
소로 태어난 사람이다
흙을 섬기는 순 식물성으로
논밭 가는 일밖에 모르는
소가 시詩를 쓴다?
수채 같은 세상일이 역겨워
어깨를 낮추고 느린 걸음으로
풀밭 언덕에서
하늘문에 뿔을 들이대고
신화의 문을 연다.

백령도 백원배 선생

새벽잠 깨어 해무海霧의 너울을 벗고
바다 반짝이는 흰 날갯짓이 옹위하여
하늘에서 바다로 내려오는 땅
사람들이 살므로 제 이름을 지니다
백령도에는 두무진이 있고
백원배 선생이 산다

동해 해금강과 짝지어
서해에 창조한 두무진
늙은 신神의 마지막 예술품이다
또한
산봉에 심청각을 짓고
전설을 실화로 만들어 가는
참스승이 있기에
백령도는 오래오래 제 이름을 지닌다

콩돌해안에서 공깃돌 몇 개 주머니에 주워 넣고
한때 피었다 지는 꽃으로는 모자라

바위를 연꽃으로 만든
연화리 앞 바다 연봉 바위를 보며

전설을 들은 다음
두무진은 번갯불처럼 번쩍하게 눈에 띄었다

명승은 멀쩡한 사람을 실성하게 하여
풍경과, 모양의 신묘함에
절벽 붉디붉은 해당화까지 날 홀려
그 어질머리에 그만 이순耳順이 부끄럽게
철부지 아이가 되어 벌거벗고
두무진을 노래했다

부끄러운 나의 노래는 모래밭에 잠들고
호국의 성지 백령도
절승의 두무진은
오래오래 시인을 기다리다 마침내
백원배 선생을 만났다.

무엇으로 빚은 구슬일까

이슬은 보이지 않는 손이 빚는 구슬이다
은구슬 금구슬도 이슬 같아라

구슬 녹이면 이슬이 되고
이슬이 구슬이 되고

어버이는 호수를 바가지로 푸는 정성으로
자녀의 성정을 이슬처럼 몸가짐을 구슬처럼 다듬는다

아버지 비석에 구슬 주珠 녹일 용鎔 자 박혔으니
나는 무엇으로 빚은 구슬일까.

보리밭 종달새

보리밭에 놀던 종달새 화살처럼 날아갔다
남의 일도 내 일 같던 사람들도
황토 묻은 고무신을 벗고
종달새와 같이 떠났다
먹고 버린 속씨 같은 초옥草屋
문이 열린 집
허공에 빈 까치집도 눈물겨워 하늘이 붉다
마른 논에 물꼬를 내듯이
아직도 단추처럼 고향을 달고 다니는 이
논길을 소꼬리 잡고 가는 사람 누군가
보리고개에도 꽃은 피는데
노느매기에 이골난 사람들
사전 속에 숨어버린 보리밭 종달새
강복이 광의 용관이 정환이 잘난이 종숙이
이어도3) 이어도 찾아 모두 다 잘 사는감
놀던 마당에 노는 아이들이 없다.

---

3) 이어도 : 제주도 남쪽 이상향 환상의 섬

메뚜기와 산다

메뚜기 여치 방아깨비 사마귀 새끼들이
송사리 떼처럼 기를 쓰며 달아난다
놈들 중에는 알에서 깨어난 듯 발을 세우지도 못하는
겨우 숨만 쉴 줄 아는 놈도 있다

따라가 보니
밭머리에 있는 무덤으로 가고 있다
저들이 살 곳이 무덤이라니
가슴이 짜릿하다

저들은 무덤 속에 있는 사람을 모른다
지금은 나를 무서워할 뿐이다

무덤에는 농약을 치지 않으므로
나도 죽으면
메뚜기 여치 방아깨비 사마귀들과 함께 있을 것이다.
망자의 머리에 다시 농약을 치는 인간이 없기를
바라며.

길

능선은 소 등처럼 편안히 누웠는데
등타기를 하려면 한참 올라야 한다
누워 있는 듯 산은 인적이 끊긴 밤에도
서서 이따금 남모르게 웃기도 한다
구름이 가까이 빰을 부비는 골짜기
계곡을 향한 길은 계곡을 통하고
능선을 향한 길은 능선을 통한다
저 너머 능선 위로 해가 뜨면
눈으로만 산을 오르며 벼르던 게으른 산책자
이제 다짐하고 발로 오른다
땀이 나고 돌에 채이고 발가락 팥알이 생기도록
갈 지之자로 오르내리는 길
이디쯤 나는 가는지
와불처럼 편안한 능선에 이르면
인생을 길답게 가꾸는 일과
볏짚처럼 가벼운 그림자 땅에 누일 때
수련꽃처럼 아름답게 갈앉는 것도 생각해야지.

돌도 예쁜 데를 내민다

돌을 줍는다
억수장마 끝이나
찔레꽃 하얗게 바래는 가뭄에
강바닥을 헤집다 보면
돌도 앉음새가 있고
예쁜 데를 내민다

말만큼이나 많은 돌 중에서
경도 형상 문양 추상 하며
요리조리 뜯어본다
모래에 갈리고 물에 씻기며
굴러온 여정에서
다듬질을 끝낸 돌
돌을 만지며 고운 때를 묻힌다
볼수록 예쁜 데는 예뻐 보인다.

두 향기

마음 속 은밀한 상자를 열면
들국화와 해금내 같은 냄새
어쩌면 찔레꽃과 난 꽃향기
안방과 사랑방의 냄새
봄의 새소리를 떠올리듯
팔랑대는 나뭇잎처럼 아련한 그리움
찔레꽃이 피면 생각나는 옛날의 우리집
묵은 송판 마루 아래 작은 신짝들
가지런히 놓아 주시던 부모님이 오시는 듯
툇마루에 금쪽같은 햇살이 내리는데
안방의 체취와 사랑방의 체취
그림자도 없이 떠도는 그 향기 그리워
어릴 적 사금파리 반짝이는 언덕에 서다.

바람이 손에 잡힐 즈음은

코끼리는 그 큰 몸을 해 가지고
어디로 갈까
흔적도 없이 사라지는데

등소평은 말했다
내 죽거던 태워라
그래서 고향 땅에 뿌리라고

풀잎에 앉아 나래를 접고
이슬처럼 선 채로 숨을 거두는 나비
꽃잎을 접고 꽃봉오리로 잠기는 수련꽃

씨를 뿌리고
비가 오려나 비가 오려나
조바심으로 살아온 나날들이다

가족들을 모아놓고
밀레의 그림에서 종소리를 들으며
뒤끝이 아름다운 것들을 생각한다

눈멀어도 좋을 즈음은
바람이 손에 잡히고
쉰 길 낭떠러지에 떨어져도 좋을 것.

운주사 쌍와불 雙臥佛

눈을 뜨면 햇빛에 드러나는
천 불 천 탑이 서있거나 앉았는데
쌍와불은 보통 사람처럼 편하게 누웠다
'부처가 일어서는 날 새세상이 열린다'
전해오는 예언이 실현되는 날
부처 같은 사람은 온다
아직 누워있기에 소망과 염원은 더욱 절절하다
먼 산 능선 같은 그 어깨에 기대어 서면
오히려 사람을 올려보는 와불
대지의 온기를 받아 온 몸에 피가 돌고
천동 지동치는 그 어느 날
밝은 햇빛 아래 눈뜨고 일어선다.

구두 이야기

40년 만에 친구 박종식을 만났다
초등학교 시절과 6.25때와
그 뒷이야기 끝에
닳아버린 내 구두 뒤축을 보곤
아차! 생각났다며
백화점으로 이끌기에
말없이 나는 그 뒤를 따랐다
그는 구둣가게로 가더니
까마득히 잊어버린 옛일을 꺼내들고
오래 전 빚을 갚는다며
막내 결혼식에 신으라고
구두 한 켤레를 사 주었다
우리가 장차 구두 몇 켤레를 더 신겠느냐며
옛 친구들 많이 만나자고 한다
이날 소주 맛은 옛날 것이었다.

남원의 봄

앞서거나 처지지 말고
동인同人이니까 나란히 가자고 그러더니
그리움을 남기고 벼락 치듯 혼자 가는가
우리 모두에게 남원의 봄이던 자네
겨울 다 가기 전에
받아들인 하늘이 무심하다
여기 나누던 술잔만 남겨 두고
악수 할 손은 없구나
조상의 솔밭을 찾아 가는 그대에게
나 손 흔들 수 없네
체읍涕泣 하는 저 제자들 보게
만남 그리고 아쉬운 날들
요만큼만 행복을 주고
눈을 감고도 나는 새처럼
우리 곁을 떠나다니
이 한 세상 소풍이라 하지만
끝내기엔 너무 짧았던 세월
폐가 잘리는 아픈 겨울을 혼자 견디며
그냥 한 번 다녀가라고만 했지
우리도 오늘 자넬 초대 하네

박종수 시인아 여기 잠깐 왔다 가게나

그대 오면 겨울에도 남원에 꽃이 피겠다.
먼 길 가노라고 발이 부르틀까
산소 앞에 지팡이 하나 놓아드리네.

얼굴 없는 거울

얼굴의 주름 하고
마음 하고는 영 맞질 않아

거울을 보면서
포르족족 청죽 같은 내가
거울 뒤에 섰다

차라리 먹물 같은 우물
물 거울삼아 보며
웃고 있는 그 얼굴이 좋아

청보리껍질처럼 세월은 가버렸지만
쑥내나는 맨발바닥으로
소나기 속을 망아지와 달린다
술청에서 만난 소꿉동무와 술푸념을 실컷 하자

정직하지도 않은 거울을 등지고
머리칼에 검정색 칠하고 무스 바르고
무위를 달래며 길 떠난다

들길엔 들꽃이 소꿉동무 같다
하얀 팔뚝의 새파란 핏줄을 보며
아직도 내 가슴이
언 땅을 녹일 듯이 뜨거운가보다.

안安 노인의 섬

안 노인은 섬 하나 가지고 산다
보이지 않는 길을 닦는
눈이 밝은 노인
마음 깊은 곳에 벼르고 벼르던
희고 긴 구름다리를 따라
외딴 섬에 오두막을 지었다
앞 뒤 다랑밭에 고사리 곰취 참나물 뜯고
섬자락에 바지락 캐고 소라 해삼 건져
내 것만 가지고도 알뜰하게 산다
새벽 떠나는 배에 샘물 실어주며 만선을 빌고
돌아오는 뱃길을 밝히는 노인
땅 속까지 울리는 징을 울리며 산다.

집으로 와요

어찌하여 길이 갈린 사람
산모롱이 집에서 기다리는데
어디를 하염없이 헤매일까
마주하지 않아도 보이는 사람
우리의 기다림을 끝낼 수 없네
삼년이 가고 또 봄을 놓친 두견이 울고
산그늘 내리는 산모롱이 해가 지는데
그 사람 어디를 헤매일까
절 문 앞 산모롱이찻집을 잊으셨는가
어지러운 마음 거두어 떠돌이를 끝내고
구천九泉에서도 보이는 집으로 와요.

크리스처치에서 온 편지

자네 딸 잘 두었네
나의 속말은
자네도 아버님 덕분임을 이름일세
허물 벗고 나풀나풀 날아간 나비
추락하는 나비는 없다네
그 딸이 내게 보낸 편지 읽어보게
〈전략.-시집 '꽃잎에 섬이 가리운다'
잘 받았습니다.
"너로 한 싯구가 있다"는 아빠 말씀에
설레는 마음으로 "회갑 여행"을 펼쳤습니다
이 시를 읽고
저에 대한 걱정을 조금이라도 더실 부모님
생각하니
마음이 편해졌습니다.- 후략.
2001년 1월 이승아 올림〉
편지 함께 보내 온 캘린더의 그림
자네 함께 봄세
그림자도 그리운 아름다운 사람들의 삶이
보이네
로토루아 밀포드 퀸스타운의 맑은 물
파란 하늘에 낯익은 나비 짝지어 날고 있네.

떠돌이를 자칭하며

55년 오롯이 시인을 지켜본
정읍사의 여인 같은 부인을 동반하고
80세 나이를 잊고 유랑 길에 오른다
10만6천 명이 백 살을 넘겨 사는
코커서스로 간다
자식마저 아내의 쌀바가지에 맡겼던
젊은 날의 바람과 미안한 마음도 데불고 간다
톨스토이와 푸쉬킨을
원어로 읽기를 소망하며
관악산 녹음을 비켜서 멀리
죽을 힘을 가지고 간다
무엇이 그립단 말인가
쉰 해전 세상 뜬 할머니 친정 마을
소나무도 그리워하는 노 시인이
그리워하는 사람들 뒤로 한 채
신경통 앓는 아내와 함께
기약 없는 유랑 길에 오른다.
아침마다 1천2백25 개의 전세계 산이름을 외우던
그 산들 한눈에 보이는 저 나라에선
미당 톨스토이 푸쉬킨 모두 같은 말을 쓰겠네

미당未堂 선생 빈 집에서

내 어린 결혼식에
빨간 넥타이 선물하며
목월木月 주례에 내 축사라니?
그래도 왔네 하시던

'창문 너머 관악산이 웃는다'는
아내에게
'당신이 시인이고 나는 대서쟁이야' 하시던

공덕동 살구나무집에 살 때
술 취한 제자 멧자곳자
살구나무를 패버리겠다는 어깃장에
도끼를 들려주는 단호함을 보이시던

우리 쌍둥딸 세배 할 때
내외분 나란히 세뱃돈 두둑이 주며
무척이나 아이들을 좋아하시던

'허허 국민 여러분, 잘 봐 주세요
이 나라 잘 되려면 미래의 꿈나무인

어린이를 잘 키워야 합니다'
진정 인간적인 미당은 나의 스승

그리고,
봉울방 혹은 문치헌 당호만 남고
청청한 조릿대 우거진 빈 집에
이웃집 강아지만 드나든다.
당신께선 저 하늘 어디쯤서 이곳을 내려보실까.

염소초기 念少抄記

엄한정군은 양력보다도 음력의 인상을 주는 시인이고,
이 음력의 냄새를 풍기는 웬갖 것들
그늘과 구석과 깊은 데와 귀빠지게 고요한
쪽에 잠기는 순식물성 기질이다.

그는 세상의 그 소위 출세영달이란 것에도 무던히
서툴러서 시단에 나오는 데도 초조하거나 성급한
눈치를 보인 일도 단 한번도 없었다.

그는 지면에 첫선을 보인 다음 그새 음력으로 골라
1년에 설과 추석 두 차례씩만 나를 찾아 빙그레
조용스레 절을 하고 갔을 뿐, 7,8년을
한나절쯤만 여겨 자기 나름의 『시세계』를 가꾸어 왔다.

그 염소 비슷한 눈과 입모습에 그 고대신선도속의
어디 깊은 산자락의 바위 위에서 가만히
앉았다가 뿌시시 잠깐 일어나서 온 것 같은
늘 조용함에, 아호를 염소念少로 명명하였다.

나는 이런 그와 아조 한가한 음력 설날이나
추석의 한때를 같이 해 우리나라 농주를
서로 권하며 마시는 게 매우 달갑다.

염소와 비슷한 데가 있는 그의 얼굴의
잔잔한 미소를 곁에 보며 같이 농주를
마시는 게 아조 달가운 것이다.

엊그제 같은 40년 전 이야기 이제 미당은
가시고 나는 염소念少 아호를 쓴다.

살구나무 있는 집

지면의 글자와 영상은 퇴색되지만
갈수록 눈물처럼 빛나는 추억이다
모처럼 순아 순용이 한복 입혀 선생님 댁 문안에 서니
한쪽 어깨가 기운다. 살구나무가 없다.
얼굴 잊겠다고 꾸지람을 내리실지.
장가들어 삼삼오오 아들딸 손목 잡고 오면
만점을 주마시던 학창시절이 떠오른다
이젠 막내도 간기고비를 넘겨 한방의도 스스럽지 않아,
아이들 앞세워 선생님께 문안을 드린다.
그동안 참으로 적조했었다
그늘에 거적 펴고 담소하던 살구나무가 안 보인다.
거기 누가 톱질을 했을까 도끼날을 세웠는가.
문 밖에 나서 돈대를 내려서며 뒤돌아본다.

모자를 벗다

모자 쓴 듯 언제나 머리를 운무로 감추는 산
초입에서 옷먼지를 털고 잠시 모자를 벗는다
쉬며 놀며 가는 산길에서
산나리꽃을 만난다
꽃이 웃는다
나비가 꽃만큼 웃는다
사람이 웃으면 산도 웃는다
숲이 흔들리면 능선이 출렁댄다
서둘지 마라
험한 곳을 돌아가면 절벽은 없다
내밀한 곳에서 발을 멈추면
흙내음 풀냄새 향기로운 바람에
코와 귓불이 발갛게 달아오른다
새들이 알을 품고 솔씨 아귀트는
숲 속은 아늑한 은혜
산 정상에 오른 다음은 세속에 찌든 모자를 벗자
정상보다 높이 앉은 모자를 벗자.

향일암의 길

새들도 놀라
깎아지른 벼랑에
곤두선 하늘이 바다 빛이다
까치들이 절을 지었을까
향일암이 연처럼 걸리었다
누구의 도력道力 인가
짐승들만 다니던 좁다란 길을
정성으로 수천 계단 쌓고
계단마다 수박만한 연등들을 달았다

할머니가 계단을 오르는데
뒤 따르는 젊은이 말이
할머니 힘든 길을 왜 오르느냐 하니
할머니 빙긋이 웃음을 지으며
젊은이는 왜 오르느냐
길을 내는 사람은 앞서가고
뒤에 또 사람들이 따라간다
여기 원효의 굴 있어
요석 공주도 오고 싶던 향일암의 길.

난초의 말

할머니는 지팡이를 짚고도
손자를 업었습니다
이마가 땅에 닿을 듯합니다
그처럼 굽은 허리에 새촉을 달고
냉랭한 풍진 척박한 토양에서
산마루에 반달을 그립니다
굽은 길 돌아돌아 고향으로 갑니다
사흘 혹은 닷새 걸러 목을 축이며
은은한 향기는
본성을 감출 수 없는 난초의 표정입니다.

계양산 전설

칡뫼마을은 산이 멀어
볏짚 보릿짚 풀나무
되는 대로 해 때는 벌판 마을이었다

다만 이웃에 성규 씨 댁에는
아들 육 형제 보아란 듯
솔가리 그득하게 추녀 밑을 채웠다

굴보천 은어 떼지어 올라오면
은어뿐 아냐 메기 붕어 한 초롱씩 잡아오는 것이
나는 부러워
장난감 같은 내 지게가 마뜩찮았다

언제 키가 커서 우차牛車 매어 산나무 하고
겨드랑이 깃 달린 장사 산다는
계양산 장사굴 구경 갈까 마냥 기다려졌다

그 겨울 성규 씨댁 차남 오규 씨
십리 넘는 계양산에 나무 간 다음
불쌍하게도 동사凍死했다는데
또 한 소문에는

마음씨 착한 오규 씨
옹달샘에 나온 각씨 만나
솔잎 끼니 삼고 약물 손으로 떠서
물배 채우며 장사굴에 산다고
칡뫼마을 사람들은 지금도
오십 년 지난 이야기를 나누고 있다.
계양산에 나무와 산나물이 마르고
장사굴도 사라진 요즈음도.

바람의 노래

감나무 새잎에는
겨드랑을 살살 간질이는
바람의 손끝이 보인다

숨넘어갈 듯 까르르 웃기곤
달아나는 장난스런 아이
바람은 바람만이 가둘 수 있다

눈이 없어도
발이 없어도 산을 넘나들고
휘파람 불며 구름을 몰고 다니는 바람아
몇 굽이 능선을 돌고 와선
바람아 밀어다오
빈 그네를 밀어주렴
바람이 잘 때는
세상이 모두 조용하구나.

유수정 주인

한가한 노인의 집이라는
유수정 에는 김창규 선생이 산다
나날이 단비甘雨를 기다리는
농부의 마음처럼
간절히 소원하던 솔숲의 집
마음이 맑은 사람이 이룬 꿈이다
자녀들 모두 새처럼 날아간 다음
그 또한 나비처럼 허물을 벗었다
몸도 마음도 한가하다 하지만
정성으로 문전에 옥답을 일구며
벼룻물에 회포를 푼다
혼자라도 외롭지 않은 길에 들어서
뱀도 개구리도 스스럼없다
때때로 아이들이 가까이 오면
개울에 옥돌과 동그란 오석알 주워
반지 알도 하고 목걸이도 만들어 주며
나이를 잊고
수련이 꽃잎을 오므릴 때
석양은 이처럼 아름다울까.

흑백 사진

어머니 아버지 사진을 본다
주름 깊은 얼굴
볼에도 손에도 촉감이 없는
빛바랜 흑백 사진
바깥 부엌과 외진 뒷간을 쓰는 토담집
연탄불 미지근한 구들에서 잠들던 시절의 사진
이 사진 앞에
우리 아이들이 와선
할머니 할아버지 하며
사진 보고 부른다
가족사진을 찍게 되었을 때
어머니의 말씀이 문득 생각났다
"너도 새끼들 낳아 길러 보면 안다"
내게 달린 오 남매의 부부와
거기 달린 팔 남매 함께한 자리에
앞에도 뒤에도 보이지 않는
두 분은 손자들의 이름을 모른다
집단처럼 가벼이 내 등에 업혀 논두렁을 넘던
아버지와
끼니마다 반 남짓 밥그릇을 내 앞에 밀어 놓던

어머니
어머니 아버지 사진을 본다.

달과 노래

봉숭아꽃이 장독대를 밝히는 밤
울타리 위에 뜬 달이 너무 좋아
하마터면 님 얼굴마저 잊겠다면
그래도 이 말이 엄살일까

일기장에 쓴 이름과 용어가 아련하여
고향과 추억과 사랑의 노래 다시 새기며
거의 바랜 갈피에서 달처럼 떠오르는
어머니 아버지 흑백사진을 다시 보다.

갈월리에 가면

지금은 아는 얼굴이 없다
내가 살던 집터는 막다른 골목
회벽이 앞을 막아 발목 잡는데
한 줄기 그리움이 길을 내었다
흙냄새 구수한 옛날 그대로
뒷동산에 나무 나무 환호하는
꽃방망이다
손발 따순 계집애와
열 살 적 내 얼굴과 목소리도
그대로 거울처럼 떠오른다.

허기증

뻐꾸기 울음 끝을 잡고 오는 보리누름
건너편 억새밭에서
까투리가 알을 품는다
아이는 대파에 꿩알을 구워먹고 싶다
싱아를 벗겨 먹으며
어머니의 밭일이 끝나기를 기다린다
어스름은 소걸음으로 오는데
밭둑에 앉아 꼬르륵 소리를 듣는다
찔레꽃은 향기만 요란하다
아이는 아직 FTA[4]를 읽지 못 한다
온갖 개방 농산물이 몰려오는데.

---

4) FTA : 자유무역협정

풀꽃에서

발밑에 납짝 엎드린 민들레꽃과
손톱만한 제비꽃과 반지풀도 꽃피었다
가늘지만 힘줄 좋은 뿌리와
빛나는 씨앗이 눈뜬 것이다
키를 낮추고 꽃을 본다
젖은 땅을 찾아
비와 바람이 지나간 자리에서
해마다 싹이 나고 풀꽃이 핀다
풀꽃은 잊혀지지 않는 노래
우주의 순환을 명증하는 별
흙의 자비심으로 핀다
손톱만한 꽃도 놓치지 않고
흙은 언제나 나의 노래에 풀꽃으로 화답한다.

청개구리 운다

청개구리 운다
비 오시려나
누이 오려나
꽃새 한 마리 빗돌에 와 앉는다

'꽃이 피면 오시려나
꽃이 펴도 안 오신다
잎이 피면 오시려나
잎이 펴도 안 오신다'

4월에는 잎이 나고
8월에는 꽃이 핀다
서러운 상사화야
상사화야 개구리야
비 오면 누이 운다.

찔레꽃 덤불을 보면

토끼풀과 망초꽃 어울린 풀밭을 달음질하면
개울 건너 뚝방에 찔레꽃 덤불
사월의 향기 나는 구름덩이다
그 속에서 춤추듯 또 넘어지고 엎어지며
가난도 편안한 아이들이
달디단 찔레 순을 씹었다
찔레꽃 덤불을 보면
누이와 내가 거기 있는데
지금도 가면 만날 듯한데
가뭄에 콩 나듯 찾는 고향
그것도 늦은 계절 해거름에
달맞이꽃 달맞이 하듯 망향 길에 들어서
햇살 같은 찔레꽃 덤불로 간다
가난도 편안한 아이들이 어른이 되어
찔레꽃 핀 언덕에서 질탕하게 잔치를 벌이세.

백도송가 白島頌歌

모두 여기 와 있다
두무진5)의 기암, 해금강의 총석들, 설악의 천불상까지
파도와 운무를 두른
둘인가 셋인가 하면 열이 되고
때로는 서른아홉에 아흔아홉도 되는
용암인가 보석에 흙을 조금 바른 것인가
소금발 해끔해끔 서린 바위에
풍란 동백 솔 보리수
깊이 박은 뿌리며
벽화의 채색이요 문양이다

거문도여
백도여
지도 위엔 먹물 두어 방울
사해四海에 알리는 새까만 먹물
해풍에 그을린 소금 같은 거문도 아이들아
큰 문장 나오리란 전설을 믿고 자라서
삼산면 장촌리 돌다리 빗돌 생각도 하며

---

5) 두무진 : 서해의 소금강이라는 백령도의 한 절경, 이곳에서 심청전의 임당수가
   보인다.

클 거ㅌ 글월 문ㄨ 파도를 타라
지구를 두루 돌아 본 다음 백도에 다시 와서
지구 위에 제일 우람한 저 왕관을 보아라.

새벽 산행山行

새벽 어두커니 산에 오르면
섬세한 나무 가지 사이사이
풀잎 풀잎마다
해 뜰 때 물방울이 무지개를 이룬다

본성대로 자란 들풀을
앉아서 보면 낮은 자리에
마른풀이 오히려 키가 큰 나무보다 숙연하다

보랏빛 바위와 회색의 나무껍질
나무는 바위에 바위는 나무에 의지함은
저들도 체온을 나누는 것

산에 아침 무지개를 보는
눈 밝고 귀 밝은 사람은
바위와 나무들의 말소리를 듣고
산이 웃는 것을 본다.

망초꽃과 토끼풀

망초꽃하고 토끼풀하고
노는 걸 보았다
논두렁 밭두렁에 서늘한 바람 일 때
망초꽃은 서 있고 토끼풀은 누워
석양에 살 맞대고 서로 떤다.
오래살이 풀들에 이별은 없다

꽃방망이가 날리는 꽃가루
결초結草가 아름답다
산나리꽃처럼 활짝 젖힌 어깨 잡고
꿈결 같은 구름 위에 너는 누웠다
초연初緣이다
청실홍실 햇살이 간지럽구나
소나기 한 줄기 퍼부을 듯하다

바람은 서늘하고
벌 나비 꽃들은 씨받기에 바쁜데
때늦은 목동은 풀밭에 소 매어 놓고
길 떠난 다음
석양에도 돌아오지 않는다.

눈물처럼 빛나는 열매

배춧잎이 주걱만하다
어느 결에 억새꽃에
하얀 서리 내린다
풀섶에 벌레소리 여물어 간다
허리 펴고 쉴 짬이 아직 없는데
늦가을 짧은 해가 기운다.
찬란한 저녁빛은 산그늘이 가리고
들녘에는 푸른 별처럼 이슬이 내린다
눈물처럼 빛나는 열매를 고대하며
이곳 농부의 가을은
라이너 마리아 릴케의 기도보다 절실하다.

꽃 피는 날

곤줄박이 새야
빨간 팥배 따먹으니 그리 좋으냐
작은 새야
돌배와 보리수 열매 따 먹던 마을로
너와 함께 날아가자
너는 알랑방귀다
너도 나를 보느냐
나는 아이들 좋아하는 아이와 같다
알랑방귀야
작은 열매도 씨가 있는 줄 너도 알지
너도 씨를 땅에 묻느냐
꽃피는 날
소달구지 밑에 거적을 펴면
우리들 조그맣고 알뜰한 살림집
거기에서 우리는 어른들 흉내 내었지.

원추리꽃

연분홍 저고리의 곱단이는 열아홉
수더분한 산골 색시
나는 스무 살의 앳된 병아리 접장

암물과 숫물이 만나는 합수에서
조약돌도 끼리끼리 좋아라 종알대는
개울가에서 눈이 맞았다
산과 나무와 물과 붕어와 새와 새 붕어와 붕어가 만나듯이

수줍은 원추리꽃처럼
바위 뒤에 숨어 돌문 같은 말문을 여는
숫된 얼굴들이 달아오른다

햇살은 잘 익은 유자빛
바람은 어린아이 숨결처럼 향기롭고
세상은 온통 초록빛이다

꽃비녀가 어울리는 곱단이는 선녀
나무꾼은 원추리꽃을 꺾어 주었다

백지처럼 바랜 세상에

지금 다시

젊고 철없던 시절의 꽃이름을 외운다.

꽃신

외삼촌이 사다 준 꽃신
신고 싶다.

볼그스름하고 볼름한
젖꼭지와 같은 코.

입맛을 다시면
젖맛이 돌고

만지면 터질까
말간 물이 고일 듯

머리맡에 놓을까.
이불 속에 둘까.

잠든 새 달아날까봐
두 손에 꼭꼭 쥐고

꿈속에서 신을까.
꿈속에서 신을까.

노란 강아지

노란 강아지가
아가 등에 업혀

달랑 달랑
학교로 갑니다.

인사를
할 때

란도셀에 그려진
노란 강아지
얌전히 얌전히
절을 합니다.

봄물

이끼 낀 바위틈에
눈 녹으면
간절한 내 마음은
하류로 풀리는 풀씨.

낯익은 길목에
제비꽃 곱게 피고
봄물 소리같이 다정하게
날 부르며
연두빛 쪽문을 밀고
님은 오실까.

마른 가지
마른 입술
적시는 여린 물소리.
산간에 아득한 물소리.

어느덧
구름으로 피어오르는가.
풍덩 빠지고 싶은 계곡의

빈 하늘에
흐드러져 날리는
꽃잎들.

조춘사수 早春 四首

등산

하늘은 구름 위에서 늘 푸르고
나를 앞서 산정山頂에 오르는 모자
차茶 끓이며 산수유꽃 향기 이마 맑게 개이거늘
시는 모자나 내음마냥 한 걸음 앞에 있나니.

생강나무

우물가에 빈 김치항아리도 핥으며
한평생 장타령으로 지내느니
자갈밭 응달에 잠시 잠들다가
잔설殘雪 속에 누더기 벗고 배시시 웃어 본다.

꽃샘

술빚도 갚고 손등도 뎁힐 겸
푼돈 쬐금 유념留念해서 안에서는 모르게
버들집에 갔다 와 조갈燥渴로 깨어
한밤중 놋요강에 닿는 살이 오한을 한다.

달래장

아내의 산월産月을 짚어 보았음인가
처가에서 조카딸 편에 달래를 보내 왔다.
시부모님 앞이라 저筯 조심스런 아내는
조무래기들과 함께 신김치만 드는 것을.

비슬산 가랑비

버선코 매만지는
얌전한 새색시
앉은뱅이꽃

솔방울 삭은 방울 곁
연연한 암술 끝에
가랑비가 맺힌다.

솔밭길에
어깨가 젖는
지금은

저승도 한 뼘
그 내음 같은 송화松花
앙금 되어 내리니

황토 묻은 고무신
잔디에 씻고
아스라한 산굽이
병풍 속을 걷는다.

돌아가신 어머니 눈썹
비슬산 솔잎에
가랑비가 맺힌다.

수수

바람이 인다.
모두가 조용하여라.

삽과 호미를 거두어간
빈 헛간 속 같은 들판

거기
술렁이는 두어 포기
수수 올찬 낟알

아내여.
떫은 나의 애정이여.

칠팔월 뙤약볕에
얼굴은 그을고
내내 기다림으로 턱을 고인 채

시월상달 지금은
신방新房마다 불을 밝힐 때.
꽈리 부는 아이 같은

당신의 볼은
건강하오, 건강하오, 건강하오,

밭이랑 마다 흥건한
바람소리.

물빛처럼

고인 물은
군데군데 얼어붙고
얼지 않은 센 물살에
아직도 씻기고 있는 돌

두드리면 여전히
돌소리를 낼 뿐
또다시 십년을 닦기면
옥 다듬는 소리를 낼까.

미친개에 물린
상처는 아물었는데
사십 년의 가슴앓이는
언제 나을고

찬물에
몸을 담가
돌과
함께 씻기면

혼돈混沌은

안개를 벗고

물빛처럼 맑은

생각만 금맥金脈으로 남을까.

작은 것

작다고 흉보는
호식이 납작코

작은 것엔
손이 재우 가고

큰 것엔
덜 가고

아가가 넘어지면
얼른 일으켜 주지만

어른이 넘어지면
누가 본 체나 한다고?

발돋움

아무리 발돋움을 해 봐도
흑판 꼭지까지 글씨를 못 쓰지요.

발돋움을 발돋움을 해 봐도
흑판이 꽉 차도록 글씨를 못 쓰지요.

키가 좀더 자라면
흑판이 꽉 차도록 글씨를 쓸 테요.

키가 좀더 자라면
흑판이 꽉 차도록 그림을 그릴 테요.

주인主人

김형 이삿짐을 나르고
돌 두 개를 얻어오다
경인간 버스에 두고 왔다.

신문지에 꾸리고
양회봉지에 다시 넣어
품에 안고 오는 동안
빼앗긴 체온.

대방동에서 나는 내리고
종점으로 사라진
서운한 버스.

잃어버린 것이
또 없는가
손을 넣어 보는
주머니에 신열이 잡힌다.

주인主人은
다른 곳에
또 있고
오늘은 공일空日일 뿐.

새 우산

소낙비가 온다.

어제 사온
새 우산
얼른 써 보자.

추녀 밑
추녀 밑으로
집에 와 보니

새 우산
엄마가
장보러 쓰고 가셨나?

우산이 없다.

소낙비도 개이고
파란 하늘에
둥
둥
떠가는
구름 우산.

우리 계곡溪谷

뽀루수가 다닥다닥 익었다.
어느 해 이맘때처럼

열 두어 살 적 달콤한
생각들이 주머니에 부푼다.

이순耳順에도 말수가 많아지는
계곡에서 토끼인양 귀를 세운다.

물이나 바람이 되어
여기에 살고 싶다.

복사냐 복숭아냐
학명學名은 어전語典에 접어 두고

나뭇잎 따서 피리를 불까.
염소 우는 입내나 내어 볼까.

- 수리산修理山에서 -

하현下弦 달 1

파랗게 떠는
손을 쥐면
속없이 긴 눈썹에
무리 서는데

생각처럼 깊어가는
한밤이
밀리고 밀리는

언 하늘에
쪼금 남은
달빛과 살빛

봉숭아 물들이던
열일곱은
서운한 누이

그 애
사발
하늘에 달려
영롱한 날
달이 되었다.

세상에서 제일 예쁜 꽃

할아버지께서
화분에 물을 주신다

할아버지
꽃이 무어라고 말해요?

물 달라고 조르지
날마다 꽃나무에 물을 주지만

꽃나무는
일 년에 한 번만 꽃을 피운다

곱고 고운 꽃
하지만 할아버지는

세상에서 제일 예쁜 꽃은
우리 아기라 하신다.

나팔꽃

안테나 꼭대기에 나팔꽃
새벽엔 땀을 내며
마디마디 꽃을 피우더니
저녁엔 모두 다 담배를 말고 있다.

어떤 날 아침
까만 씨앗들 눈을 뜨며
신이 없다고 엄살한다.
몸살난 줄기가 몸을 비튼다.

턱 아래 깨알

얼굴, 옷, 키…
생일도 같고
책가방에 필통에
연필도 똑같은데
나는 언니
순용인 동생

언니 되라고
내게만 주신
턱 아래 깨알
순아의 표시

할아버지 할머니
상에 둘러앉아
턱 아래 깨알 보곤
나 먼저 김쌈을 주시죠.

순용이와
나란히 앉아 있으면
외삼촌도 선생님도
턱을 보고 나를 알지만

엄마는
곁눈으로 보고도
밥그릇,
숟가락
내것 다 내 앞에 놓아 주시죠.

열 살 안짝

찐 메추리알이면
그만 미칠 마음이 없었다.

열까지만 세어도
칭찬을 들었다.

머리 까만 계집애 집 앞에
굴렁쇠 소리가 멈춘다.

한사코 엄마 젖가슴으로만 가는
막내의 손길처럼

갔다 돌아오며 되돌아보며
울지 않았다.

맥도 모르고 침통 흔드느냐.
어른들 말투를 입내내며

동글동글한 눈 고 계집애를
까맣게 튼 손등 위에 올려놓고 올려놓았다.

강아지나라

우리집 현영이 그림이 재미있다
제목은 강아지나라
흰둥이 검둥이 누렁이 바둑이
잘 짖어대는 바둑이가 왕이다

흰둥이 검둥이 누렁이에겐 재갈을 물리고
듣기만 하란다
왕은 바둑이 족속만 측근에 두고
금빛 가운에 편자를 박고 골프도 친다.

누나

물푸레나무 울타리 위로 피어나는 저녁연기
굴뚝에는 짚불 냄새
아궁이엔 감자가 익어가고
내 젖은 옷을 말리는 누나
새벽 우물길에 홍시도 주워 주었지

홍시 같은 볼에 연지 찍고
까만 머리 쪽 짓고
조랑말 타고 온 신랑 따라 고논길을 떠난 다음
고된 시집살이에도
남동생 하나 잘 살라고
장독대에 정화수 올리는 누나
짚불 때는 굴뚝처럼 편안하고 따뜻하다.

전원 일기

농부들의 손은
조막손이요
붉은 감도 못 딴다

붉은 감은
그림으로 사진으로
눈요기로만 팔린다

농부들이 여름내 흘린 땀은
껌 한 통에
배추 열 포기

풍년에 안은 보릿고개
꺼지지 않는 한숨
겨우내 미음은 쑥국이고
육미는 송사리, 개구리
마을 반이 비어 있는 집
봄농사 걱정은 없다.
묵은 땅을 향해 울리고 퍼지는
나발 소리는 계속
연간소득 천만 원을 웃돌고 있다.

진달래 약탈

몽달귀신 된 오규가
쑥대밭에서
봉분에 다홍치마를 두르고 있다.

팔푼이로
반품팔이로 서른 살에
산속에서 얼어 죽은 오규

오규야
오규 같은 사람들아
진달래꽃 꽃짐 지고
동네 샘가를 지날 때는
핫바지 헐렁하게 허리띠를 풀고
진달래 약탈을 그리워하자

오규 같은 사람들이
차례로 마을을 빠져나가
빈 집들을 만들고
어디 가
정오품正五品의 진달래가 될 거냐.

시집 장가가거든 돌아오라.
떠나던 일 눈물 삼키고
진달래꽃 꽃짐 지고 돌아오라.
이승의 마지막 잠을 헛간에도 못 들고
선산에 못 들면 어찌 할 거냐.
진달래는 울음처럼 흐드러져 피었다.

유년의 나비

나비의 마음은 하냥 파란 하늘 아래
화사한 꽃웃음에 핀 무지개 마을

구름 젖은 나래로 산마루에 올라
굽은 강물 끊인 데에 이어지는 눈길

강 산 하늘이 잇닿은 서녘으로
꽃망울이 천천만만으로 빛발겨 내리는데

청띠 두르고 노을로 가는
오늘밤 샘으로 오실 선녀

풀잎 이슬로 목욕재계하고
두 나래 고이 모아 합장하는 넋

꽃가루를 헤이다 달로 가면
하늘을 점치며 항아가 산다.

시詩를 읽다가

시를 읽다가
행간行間의 가시에 찔리는
산뜻한 아픔으로
나를 잊어버린다.

새벽 별들은
곱게 살다 간 사람들
시인의 눈물로
내 이마는 개인다.

이슬도 별을 닮아가는 새벽
내 이름 불러줄 이는 자고 있다.

지천명의 숙제를 풀다가
난蘭이 못 된
맹문동을 서러워하며

시를 읽다가
논을 갈 듯이
쉬엄쉬엄 나도 시를 쓴다
때 묻은 말일랑 지우고
투박하고 짧지만 나의 말을 적는다.

섬은 구름을 이고

섬은 구름을 이고
바다는 섬을 안고 있다

좋은 세월은 잊혀지는 것
녹슨 기억 아픈 추억이
섬처럼 떠오른다
구름이 흘러간 다음에도
섬은 물 위에 떠 있다

배는 섬을 돌아서 가고
인생은 돛대에 부는 바람

섬은 소금기로 썩지 않으니
바다에 들어 섬이 될까.

간지 間紙

간지에 인장을 찍고 다시 차례를 본다.
진실을 이간하는 대목을 지운다.

쭉정이씨는 바람에 날리고
부패한 음식을 담은 그릇을 비운다.

간절한 말씀에 피는 철쭉처럼
헌혈로써 살아나는 억만의 가슴.

보라, 난만하는 정의를 외면하고
꽃을 보는 사시안이 나발을 분다.

모자와 신발을 구걸하기 위하여
신명을 포기하는 자는 뉘우친다.

내용 없는 간지에 인장을 찍듯
육신에 인주를 바르면 저울에 오른다.

샹그리라

동양의 안개 깊은 산속
산골물만 마시고
업으며 업히며 따뜻하게 살아가는
위장에도 삼삼하게 물때가 낀 사람들이 사는 곳
샹그리라6) 가는 비행기에서
끝없는 눈밭 고도가 높을수록
찜찔한 체취 갑절로 그리워진다.

붉은 피톨과 뇌세포가 죽어가는
나태한 일상의 벽을 헐며
구도자의 낙타를 타고
사막과 계곡을 가자
때로는 샹그리라 신기루를 만나리라.

구름 위를 나는 것은 비행기의 실체
나의 인생은 그림자인가
안개 깊어 볼 수 없는 산속일지라도
발바닥이 짜디짠 거렁뱅이
땅위의 질곡을 헐떡거리며

---

6) 샹그리라 : 이상향

육칠십 년을 살다가 다시
열 살로 돌아가는 샹그리라로 간다.

*

사는 뜻

광석을 녹이는 불처럼 살아라
울 수 있는 힘만 있어도
가슴에 뜨거운 샘을 파며
무릎 힘이 다 빠질 때까지
긴긴 두레박줄을 꼬아라

우리의 본성은
쑥밭으로 돌아가는 것
무덤에서 값이 나는 것
맨발로 쑥밭을 일구며 산다

물 위의 낙서처럼
삶이 허무하다고
물꼬를 막고
삽을 던지랴
물꼬를 막는 낙엽이 되랴

때로는 어둠으로 넘어져도
어렵게 다시 일어서서
아이들 무등 태우고

이 산천 낮은 골짜기에서
쓴 찬도 단 듯이
찬밥도 더운 듯이
오순도순 사는 뜻을 깃발 세운다.

봄볕

김치에 신맛이 들면
남새밭 푸른빛에
군침이 돈다.
돌에서도 새순이 돋는다.

새로 돋는 싹마다
다른 향기를 내는 풀밭에
절로 핀 제비꽃은
바랜 책갈피에서
소꿉동무들의 보조개로 피어난다.

쑥국을 먹고
빈혈로 허청을 짚던 어린시절에는

어머니 얼굴보다
진달래 꽂힌 나뭇짐이
먼저 보였다.

추억은 빛나는 유리구슬
남새밭 푸른빛에
군침이 돈다.

뜨거운 가슴의 샘

슬픈 세대는 어둠이기에
악몽의 이불을 촛불로 태운다

패배보다 더러운 한 세대가
이기적인 보석으로 눈멀어간다

오만한 권위와
가시 돋친 혀가 오히려
금강석처럼 빛나고 있다

잡풀처럼 부드러운 혀를 지닌
민초民草여
스스로 속박을 선택하면
이 굴레가 영광이요

채찍에도 곧게 일어서며
하나의 돌을 뽑을 용기 있으면
만리장성도 무너뜨린다.

두엄에서

구원의 손길이
검은 휘장을 걷어낸다
그리하여 강물은 흐려도
우리는 맑은 물을 마신다

세찬 바람도 흙먼지만 쓸어갈 뿐
땅은 언제나 그 자리에 남듯이
흙탕은 가라앉으며
강물은 다시 맑게 흐른다

흐린 날도 가끔가끔 밝은 별이 보이고
썩은 세상에도
신문 한 귀퉁이 밝은 기사가 있다

바람이 없어도 나뭇잎은 떨어진다
가랑잎은 썩고
썩는 것들은 향기롭다
두엄에서 향기로운 버섯이 자란다.

대낮에

자갈밭 자갈들은 제 열로 열을 더하고
눈멀 듯이 강물에 햇빛이 부서진다

나비 한 쌍
들국화보다 짙은 하늘로
하늘로 치솟아 오른다

날개를 비비며 분가루를 뿌리며
간지럼으로 키득키득
숨막히는 재채기한다

암수가 한 점으로 남는 순간
수직으로 떨어지는 한 몸둥이
열애의 절정에서 절규하는 야호 소리

일시 잠적했던 나비는
현신불現身佛처럼 꽃가루를 뿌린다

바람도 잠든 대낮
좋은 징조로
들국화가 돌밭에서 간들거린다.

꽃새

글 모르는 아이처럼만 된다면
세상일
홀가분히 잊어버리겠다

세상 뜬 다음에야
겨우 편하게 된 아버지께
불효한 가슴 옹이도 뽑히겠다

당산나무 그늘보다 짙은 아버지의 그늘
손수 가꾼 살구나무 꽃이 피어서
아버지도 아시라고 산소에 가서

찬 술로 가슴에 불지를 때
하늘엔 종달새 울더니
제삿돌에 꽃새 한 마리 와서 앉았다.

귤맛

반달이 떴다
속에 홍옥 태깔 씨
귤쪽을 쪼개며
원효의 도끼처럼
좋은 이를 박고
등골 시리도록
단물 빨다가
그도 지쳐
하!
전율하는 하품
원효도 요석 공주와
귤을 자실 땐
범부凡夫였을까
그 맛으로
설총도 태어난 걸까.

초가삼재 草家三材

뒤안길은 숨기 좋은 곳
울기 좋은 곳
과일나무가 있는 곳
물 긷는 누나가 나를 보고 웃는 곳

지붕 위 박꽃에는
구슬이 녹아 물이 되고
구름되어 오른다.

장독대 언저리에
속알이처럼 붉게 피는 봉숭아
울음처럼 터지는 씨앗
깨지지 않는 동심의 눈을 틔운다.

부랑자의 마음에 꽃처럼 피는
초향草鄕의 집 삼간三間에
불 밝힌 창문이 보인다.

앉은뱅이꽃

호드기를 입에 물고
누구를 불러내고 싶은 거야.
꿈은 아직 작은 꽃잎처럼 작고
이른 봄 햇살도 아직은
뿌리에 와 닿지 않지만
비둘기 빛깔로 진주 빛으로
꿈을 가꾸며
남쪽으로 창을 낸 집에
손발이 따순 아이를 부른다.
정말 그 얼굴 보고 싶어서
남모르게 조금씩 봄을 모아서
연연한 암술 끝에 이슬 맺는다.
진종일 흔들리는 제 그림자에
눈 맞추고 볼 대보며
심심하다고 심심하다고
호드기 분다.

이슬 터는 구경

발 개운한 고무신을 신고
웃음이 서툰 사내가 가고 있다.
가려운 데는 긁고 아프면 운다.
생애의 꼭지가 점점 말랑말랑해 진다.
알밤 자위돌아 떨어지듯
땀방울이 떨어져 발자욱을 적신다.

한 떼의 새들이 실버들에 앉았다.
한꺼번에 이슬방울이 떨어진다.
말없이 맺혔다가 진다.
개운한 아침공기 속
반공半空에 매달려 주위를 빛내다가
물방울이 떨어지며
아픈 딱지를 떼어준다.
가려운 가슴들을 적신다.
심화로 불탄 재에 번진다.
편한 잠 속에는
새도 이슬도 형적이 없다.
꿈도 녹아내린다.

꽃잎에 섬이 가리운다

꽃 속에 섬이 들어앉았다
한 평생 곡괭이로 파고 파도
줄지 않고
저녁놀에 더욱 빛나는 섬
어둠 속에도 지워지지 않고
침몰하지 않고
성벽처럼 인적을 막는
바다에 떠 있다
고요만 밀물져 오는
이끼 낀 벼랑에서
늙은 동백꽃이
제 그림자 위에 꽃잎을 떨군다
꽃잎에 고독한 섬이 가리운다.

봄

소문 들었냐며
숲 속에서 기다린다고
가보면 안다고
바람이 속삭인다

나른한 몸을 깨워
숲 속을 서성대면
청설모는 나무 위에
솔방울을 따 던진다

밝은 날
양지에 향긋한 솔씨
산고産苦로
가랑잎이 들먹인다

바람은 겨울 이불을 걷고
동천冬天에서 날아온 새는
이제 모두들 일어나라고
물오른 실가지를 흔들고 있다.

황토

바위도 비바람에 진흙이 되는 세월
물살이 돌을 먹고
마침내 산맥이 움직인다

제왕과 범부凡夫가
함께 시간에 묻히며
무덤은 잡초로 덮이었다

비석의 이끼는 날로 푸르러
미끄럼 타는 아이들이 묏등을 벗긴다

흙먼지가 바람에 쓸린다
낮은 묏등을 덮는 것은
그 아이들 꿈같은 풀이다.

황혼은

황혼은 갈옷 입은 어머니
등 뒤에서 오며
어머니는 이마의 땀을 씻고
손님처럼 맞이한다

마을에는 하얀 연기
불돌처럼 따뜻한 집에서는
보릿짚 불에
감자 굽는 누이가 기다린다

무지개와 더불어
황혼은 소년처럼
앳된 마음으로 인도하노니
장난감 같은 지게에 풀 한 짐 지고
손에 피라미 몇 마리 들고
문지방을 넘으며 히히 웃는 아이

찬란한 빛은
흔들의자처럼 여운을 남기고
황혼은 건강한 발로도 잡을 수 없다
이제 별들이 눈을 뜬다

황혼이 지고
오늘밤에는
검정소 등에 업힌 초동이 되어
평생을 무명 두루마기로 지내시던
아버지를 만나리라

흐릿한 시력에 돋보기를 쓰고
생애의 남루를 지우며
내일 입을 새 옷을 물들이는
아침놀을 기다린다.

흰 고무신

굴처럼 햇빛도 스며들 틈 없이
대숲으로 뚫린 길이 있어 따라갔다
하늘빛이 달라지며 승방이 보였다
뜰에는 우단처럼 이끼가 슬었다
댓돌 위에 놓인 흰 고무신 한 켤레
소년시절 내 아버지와 스승이 신던 신
고요는 이를 데 없이 투명한데
장지문 한 겹으로 가린 방안이
깊은 우물 속 같다
향불을 사르는지
문틈으로 새어나오는 향긋한 냄새
거기 누가 있는지
향기만으로도 그 인품이 짐작된다
설說함이 없이 설하는 백의관음[7]이다
그러면 밖에 선 사람은 남순동자[8]인가.

---

7) **백의관음**白衣觀音 : 33관음의 하나, 흰옷을 입고 흰 연꽃 가운데에 앉은 관음.
8) **남순동자** : 관세음보살의 왼쪽에 있는 부처.

묵은 엽서의 연가

높새바람이 소삽하다
손 시린 세숫대야에 단풍이 든다
낙엽은 껍질, 다시 살아나지 못하지만
잎진 자리에 새눈이 눈뜨는 명년 봄을 기약한다

새싹은 땅에서 다시 촉을 내밀고
낙엽도 땅으로 떨어진다
잎이 질 때 미리 꽃망울을 만드는
목련나무를 보면서 안심한다

단풍을 홍안으로 착각할 때
스산한 제비의 서리 묻은 날개질을 본다
지는 놀 단풍이 붉어서
마음은 항상 강남을 안고 산다

꽃이 빨리 지면 열매가 쉽게 맺히는 것
새잎은 바람이 불어도 떨어지지 않다가
열매를 거둔 다음 낙엽이 된다
묵은 엽서의 연가를 낙엽에 쓴다.

말씀

품앗이란 말이다
주면서 받으려 말고
남의 일도
내 일처럼 하는 것이다
고사떡은 누구누구 빼놓지 말고
일꾼 밥은 고봉高捧으로 해야
밥 잘 드는 일꾼이 일도 쉽게 한다
내 배 부르고
어떻게 남을 주랴
노느매기에 이골나신 어머니
남이 갚지 않더라도
주기만 하시니
뒤주 바닥 긁히는 소리에도
인정만은 바닥이 보이지 않았다
저승에 갈 때
가지고 가는 것은 남에게 베푼 것들 뿐
보이지 않는 바람이 소리를 내듯
세상에 없는 어머니의 말씀이 귀에 징하다.

저녁 이슬

그리운 사람들을 떠나서
세상살이는 승패 없는 바둑이었다

기다림이 무너지는 시간에
적요한 골목으로 들어서는 어스름

시간을 거슬러 꿈꾸는 동안
청한 듯이 황혼이 찾아 왔다

두터운 그늘로 번지는 오동꽃 향기
거적자리에 지는 꽃잎을 쓴다

꽃 진 자리에 맺히는 저녁 이슬 보며
차 한 잔에 갈한 목을 적신다.

수석

나의 별은 돌이다
노을에 옥비녀 구름 한 점
살보다 매끄러운 유방석
박꽃 피는 초옥草屋
선운사의 사천왕상
돌 속에서 우는 호랑이
석굴암 여래상
금金은 이 세상에 두고
저승에 들 때
손때 묻은 돌 몇 개
관 속에 넣어 가리라.
내 살이 썩고
해골이 될 때
나의 별은 땅 속에서
무엇이 될까.

빈 물병에

물병을 쏟으며 아무 것도 없다고 한다
산을 떠 왔느냐는 아내에게
삼십 년 오간 마음을 무어라 할 거냐
빈 물병에 산 같은 마음을 담아 왔다.

바위 속으로

충주호반의 제비봉은
소백산 철쭉철보다 절경이다
하산下山길에 만난 오성암의
「千江有水千江月」에 사족蛇足을 단다

바위 속으로 들어간 스님
빈 산에 암자 지어 살면서
장지문 빼꼼이 밀고
구름 없는 하늘에 만 리를 본다

밤에는 달 속이 들여다보이는데
물소리 따라 계곡을 내려가면
천강千江에 모두 달이 떠서
여기가 땅인지 하늘인지 가늠할 수 없다.

민들레꽃 보는 눈

부모님을 따라 가다
쉬는 고개에서 돌아보니
쉰아홉 고개
지게 지고 올라온 길이
아래 보인다
질곡은 나무 그늘에 가리우고
쉼터에는 민들레가
숱 많은 아이 머리를 깎듯이
미련 없이 씨를 날린다
낮게 앉아 꽃피우고
어수룩해서 좀 밟히기도 하며
씨는 멀리 보내는 지혜가 보인다.

쑥국

수리산을 속달쪽으로 내려가면
오막살이 한 채
인가가 뜸한 곳에 할머니 혼자 산다
노스님의 침소처럼 마당 끝에는 이끼가 깔리고
돈대 아래 흰 고무신 한 켤레
눈이 녹는 하산 길에 할머니 댁에 들러
눈 녹은 물소리처럼 듣는 얘기 소리에 반해
술 한 잔을 마신다
추녀를 낮춘 토담집에서 막걸리를 파는
할머니는 행주치마에 김칫국물 물들이고
부뚜막을 분주히 오르내리며
탁배기 한 사발에도
연신 쑥국을 내오곤 했다
어머니 제삿날 그 일이 생각나서
다음날 할머니를 만나렸더니
인적 없는 마당에는 이끼가 깔리고
산수유나무 한 그루 옛날처럼 떨며
할머니의 웃음으로 노랗게 웃고 있다

대추처럼 마른 열매 몇 개
이 빠진 사기사발 주워들고
강아지도 이팝을 먹는 좋은 시절에
쑥국을 아직 못 잊는 것은 내 고향 탓이다.

억새꽃을 보면

초가에 내린 서리처럼 하얀
억새꽃은 가련하니
저승에서 회갑回甲을 지내고
다시 이승에 와서
한겨울에 씨를 뿌린다
목 잘린 수숫대처럼
남루를 걸친 채 톱날같이 서서
새떼를 날려보내고
씨를 땅에 묻는다
바위틈에도 눈이 녹으면
당신을 사랑한다고
씨는 끝내 입을 여는 것이다
잡을 수 없는 시간은 해를 바꾸고
꽃이 피면
씨앗을 맺는 고단한 육신
육신을 아끼지 않으면
영혼은 썩지 않는다
머리가 하얗게 센 꽃이 여기 있으니
억새꽃이 하는 말을 나는 듣는다.

대추만하게

깨알만한 초록 꽃이
따끔한 가시를 비집고
늦둥이 열매가
대추만하게 익어서
비에 쓸리든지
바람에 구르든지
그 씨처럼 단단한 마음으로
데굴데굴 굴러서
더도 말고
어머니 산소 발치에 박혀
굼벵이로 기다가
소나기 지나간 뒤에
땡볕을 우는 매미
남들은 울리지 말고
당상관이 못 된다고 울지도 말고
싸래기 신김치도 마다 않고
대추만하게 붉으니
예쁘기는 예쁘다.

베푸는 법

찔레꽃 향기는 밭두럭에 남고
수련꽃 향기는 물 위를 감돈다.

꽃잎은 져도
남은 향기는 꽃모습을 지우지 않는다.

꽃 같은 사람은
떠나면서 은혜를 베푸는 것.

고마운 일은 사라지는 향기
사라지므로 오히려 그리워진다.

용서와 은혜는
녹슨 기억을 되찾는 사람이 베푸는 법.

그 사람은 자취가 없다.
다만 열린 마음을 두고 간다.

젊은 왕소나무

삼십 년 전 제자들을 만난 자리에서
반말을 할까
하오를 할까
제자들은 그 어릴 때가 좋았다고 하는데
문득 바람처럼
나무에 숨은 시간을 보았다
구상나무 누운잣나무는
키가 한길이 못돼도 산정상에 있고
왕소나무는 오백 년을 살아도 젊다
돌아보는 인생은 질곡도 아름다워라.

무덤에까지 가지고 가는

어린 꿈은 무덤에까지
가지고 가는 보배
무지개를 따라가다 보면
산이 막고 강에 막혀
세월이 갈수록
부푼 꿈이 소금처럼 졸아들지만
한 순간만이라도 황홀하게
무지개를 타고 싶었던
꿈을 버릴 수는 없는 것
무지개를 찾아 떠나면
집이 멀어질수록 정드는 강산
바라보면 바다 위에 구름이 떠 있고
산 위에 뜬 달 하나가
온 세상을 비춘다.

수련 그늘

산은 인내하는 모성
아내의 가슴이
저 산 만하게 보일 때가 있다
신부처럼 얌전하게
머리에 늘 흰 너울을 쓰고
품안에 목마른 생명들을 키우는 산
아내는 강아지 다섯 마리
우리 놈들을 키우며
늙으신 어머니 뒷바라지에
어느새 눈가엔 잔주름 그늘
평시엔 강심江心처럼 숨겨오는 효심孝心을
좀처럼 내색하지 않지만
수련의 그늘 같은 은은한 암향
고단한 하루 일과가 끝나고
찬란한 저녁 빛이 마침내
두꺼운 그늘로 골짜기에 이불을 덮으면
나는 동굴을 찾아가는 산짐승처럼
그 가슴에 잠자고 싶다.

누이는 도요새

누이는 도요새
밤에만 난다

지치고 굶주린 야음을 날다
등댓불이 보이면 불빛을 반겨
날아들다 죽고 마는 도요새

도요새는 비가悲歌다
손톱 아직 붉은 나이에
가난의 어둠을 날며
어머니의 꽃밭에 불지르고
길 떠난 누이

고운 손을 오히려 부끄리며
지구 반 바퀴를 도는 만큼
힘을 쓰다가
누이의 날개는 부러졌다

도요새처럼 도요새처럼 누이는
연약하지만 오래오래
내 마음에 살고 있다네.

구슬을 녹여서

해가 바뀌면
빗돌碑石이 삭아 내린다.

됫박으로 바닷물을 퍼내는 신념으로
아버지는 꿈을 가꾸었다.

구슬을 녹여서
수정처럼 맑은 물을 만들고

맑은 물로써
한 새끼를 기르는 것

삭아 내리는 빗돌에는
주용珠鎔9)이라 새겨져 있다.

---

9) 주용 : 지은이의 부친

촌티

온종일 일하고도 반품을 받으며
말이 없던 오규 형이 보고 싶다
나이 서른을 넘겨
진달래 약탈을 당하고도
몽달귀신이 된 형은
옛날 이웃사촌이었다
샘말밭 새갈밭 앞고논까지 버리고
떠나서도
불쌍한 오규 형과
돌군이 소당이 잘난이 알랑방구들
코흘리개들의 이름은 지워지지 않는다
십대에 논밭에서 그을린 살갗이
회갑에도 아직 남은 내 얼굴을 본다
버린 땅
농사일을 못 잊어
부모님 모신 발치에
콩 고추 옥수수를 가꾼다

오동나무를 심자고 벼르며
그까짓 담배를 못 끊느냐
아내의 핀잔에 마당을 서성이며
한숨 같은 연기를 뿜는다
회갑 나이에 스무 살처럼 웃으며 농담하며
진간장 고추장 송화주를 집에 담그는
아내를 사랑하며 산다
돌아가야지 샘말밭 새갈밭으로 돌아가야지
40 년을 벼르며 촌티를 낸다.

붉은 대추

1

붉은 대추가 나를 본다
심장이 좋은지 볼이 붉다
따뜻한 마음처럼 국화 핀 곁에서
할머니가 멍석을 펴고 대추를 턴다
썩은 것 하나도 허투루 버릴 것 없이
대추씨 같은 손자를 바라보았다
손자에겐 꽃자리로 남으려는
할머니의 겸허한 마음이
백설기에 대추처럼 이마에 박혀
대추 붉고 국화꽃이 피면
늦게 작게 피는
초록별 같은 대추꽃을 다시 생각한다.

2

하느재를 넘는 길에
하늘빛 들국화를 꺾어 든 손자에게
끄량풀을 간식으로 뽑아 주던 할머니

붉은 대추를 따기에는 키가 모자라
힘겨운 팔매질을 하다가
기우는 해 석양만
무명치마폭에 한가득 싸안고 있다.

3

계양산 능선 하느재고개
북망의 할머니가
붉은 대추에 얼굴을 보인다

초록이 피고
열매 여는 봄 여름을
우보牛步로 걷던 건강한 심장이
가을을 숨차게 박동한다

마른 바람은 셀 수 없이 일력日曆을 넘기며
바쁜 나날을
쉴 틈 없이 단물을 모았다

별 다시 돌아가는 아침
어제의 느린 걸음을 뒤돌아보고
조로早老는 나락奈落임을 경계한다
꼭지가 떨어질 듯 하늘의
할머니 염낭에 동전 몇 닢
열매 속에는 씨가 여물고
천수天壽를 다하며
붉은 옷을 입었다.

감자꽃을 따다 드립니다

아버지 어머니를 모신 동산을 찾아갑니다
사진을 집에 걸어 두고
언제나 만나고 싶은 부모님을 찾아갑니다
빈손이 부끄러워
남의 감자밭에서 꽃을 따다 드립니다
마른 풀 불 지른 자리에
불길처럼 또 풀이 무성합니다
뻐꾸기가 뻐국뻐국 웁니다
안개 속에서 웁니다
나는 안개 속에서도 길이 안 보입니다
땅 속에는 문도 길도 없습니다
해도 뜨지 않습니다
한 줌의 바람도 없는
해 저무는 무덤 앞에서 잡초를 뽑다가
바지가랑이가 저녁 이슬에 젖습니다
먹물 같은 침을 삼킵니다.

해금내와 갈포치마

누님이 가지고 오신 붕어조림
별식이라서
이웃에도 조금씩 돌려주었습니다.
붕어조림에서 나는 해금내는
소나기 올 때 흙냄새 같기도 하고
갈포 치마폭에 감자맛 같기도 하여
따뜻함이 언제까지 식지 않습니다.
흰머리 성성하도록 누님은
어머니 좋아하시는 것을 두고는
발톱이 빠지도록 걸어서도
먼 길을 어머니께 오십니다.

국물은 남기느냐

세상사 하 수상하여 또 만취로 돌아와
숙취를 라면으로 달래다
국물 조금 남긴 것
어머니가 보시고
'국물은 남기느냐?'
'남기려면 아예 덜든지'
늘상 나만도 못한 사람들을 생각하라는 말씀이다.

이제야 조금

비가 올 때나
눈이 내리면
산새도 혼자 있지 않는다

내 혼자 있기 어려울 때는
어머니 사진 앞에 선다
시계가 멈춘 방에 도수 높은 안경이 놓여 있고
칠 년 세월을 너머
대청을 건너오는 기침 소리

사진틀 속에 얼굴 없는 코
미간의 주름을 만질 수 없다
사진을 보는 것과
체온을 댈 수 있는 것이
얼마나 다른지를 짐작이나 했던가
살아 계신 어머니를 매일 뵙게 되는 것이
행복인 것을 이제야 쬐금?

망초꽃에 묻혀

생시에 손 한번 잡아드릴 일이지
어버이를 여의고
산소에 손질하는 것은 부질없는 일이다
그 앞에 회한의 잔을 올리고
돌아서는
내 어깨에 무겁게 얹히는 손
당신이 지켜보는 환영 앞에서
그 앞에 엎드린 조그만 효성은
오월의 무성한 망초꽃에 묻혀 보이지 않는다.

당신의 자리

이름 없는 어머니의 무덤을 모시던 날, 광풍과 폭우가 몰아쳤다. 우리는 채일 밑에 송사리처럼 몰려들었다. 채일이 금방 광풍에 휘말릴 듯하다. 모두들 사력으로 기둥을 잡고 있었다. 폭우를 피하려는 우리들의 안간힘. 세상살이가 다 그러하지 않더냐.

고희를 넘겨 겨우 해 드린 세 돈 반짜리 금반지를 딸들이 우스갯소리로 달라 하면 손자 몫이니 마다 하신다. 밥 그릇 반은 남겨 늘 손자 앞으로 밀어 놓던 어머니. 그날 폭풍우를 가려주던 채일은 말랐지만 땅 속은 지금도 젖어 있겠지. 신록의 저 새소리는 들리는지 흰 머리칼이 더는 바래지 않았을까.

눈 뜨시고

온종일 미음 한 모금 자시고
마른풀처럼 누워 계시다.
할 일 잃은 팔뚝에 힘줄이 희미한데
손바닥으로 방바닥을 비질하신다.

논밭에서 찾지 못한 보석을 찾는
그 손을 잡으면
겨울 나무 가지에 바람이 일고
내 가슴에 밀려드는 자오록한 안개

곡괭이로도 어쩔 수 없는 어둠을
추억의 꽃송이로 밝히며
한스러운 향기를 더듬어 만져보는
어머니의 가슴은 따뜻하다.

눈 감고 산을 보시는 어머니
맴맴 돌아가는 외딴길에서
지금도 시계가 가느냐고 묻고
끝내는 눈을 뜨신다.

언 하늘

궂은 날이나
추운 날에는
산새도 마을을 찾아 든다
작은 새들이 날개에 부리를 묻고
추녀 밑에서 떨고 있다
새처럼 집에 오고 싶은 아들이
휴전선에서 떨고 있다
네가 거기에 있기에
나는 불 땐 방에서 잠들 수 있다니
때로는 명분보다 앞서는
감정을 누를 수 없어
망연히 밤하늘을 우러른다
물기 어린 별이 떠 있고
바람이 비질하는 언 하늘에
늙은 어미처럼 하현달이 여위어 간다.

신 없는 손님

당신이 제일 보고 싶은 손님이 왔어요
아내의 말이다
신이 없는데?
내가 제일 보고 싶은 손님이 누굴까
현영이가 왔어요
현영이가 안긴다
한 살이니 신이 없다
빨간 덧신을 신었다
덧신을 벗겨 문갑 위에 놓고
돋보기를 쓰고
다시 현영이를 본다
안고 뉘기 조심스럽던 아기
모르는 새
꽃봉오리처럼 눈을 뜨고
안아 달라 칭얼댄다
오늘도 습한 골목길을 돌아
현관에 들어서며
신 없는 손님이 왔느냐
제일 먼저 묻는다.

누이의 달

봉숭아 물든 손톱 첫눈 올 때가 되면
저승 간 누이가 온다던데
섣달에 기운 달은 이가 시리다
이승과 저승을 잇는 사다리도
이 밤엔 얼어붙겠다

풋과일 신맛도 가시기 전
세상 뜬 누이의 재
재 한 줌
돌 하나 놓아 표적 삼을 걸

사내 손톱에 봉숭아 물들이고
누이 것인 양 보며
삼동三冬에 문 열어 놓은 채
퍼렇게 벌서고 있다

삼경에 잠시 잠들었다가
침대에서 떨어지는 꿈 깨어
성에 낀 유리창에 비치는 달
누이인가 누이인가 문 열어 놓다.

기다리는 행복

허기진 배를 안고
아버지가 들에서 소를 몰고 오실 때까지
밥상을 기다리는 시간에는
때 맞춰 머슴새가 울고
마음은 왠지 앙금처럼 갈앉는다
줄곧 헐렁한 옷을 물려 입고
현기증에 넘어지던 옛날이
오히려 그리움에
긴 그림자를 딛고 서서
지금은 아들을 기다린다
끼니 걱정 집 걱정 없이
일터에서 돌아오는 아이
아빠가 된 아들에게
애야 을마나 고단하니 어여 밥 먹어라
생각하니
이따금 친정을 찾는 칠십 넘은 딸에게
애야 애야 얼굴 잊겠다
늘 그러시던 어머니만큼이나 행복하다.

이 술 한 잔

어머니가 시골에서
몰래 빚던 술은
뒷간 잿더미에서 익었다

모내는 날
타작하는 날
농투성이들 갈한 목을 축이던 막걸리

내 혼사 날에는
미당未堂과 목월木月이
이 술을 자시고
귀 잡고 뽀뽀를 하게 만들고

비도깨비 친구들은
허물 않고 우리 실렁을 뒤져
콩자반 안주해서 이 술에 취했더니
추석날은 어머니 생각
적적해서 달 보며
이 술 한 잔 들고 싶다.

숫돌

산수山水나 구름을 보는 수석은
그런 대로 남 줄 수도 있지만
여리고도 참으로 못 생긴
돌 하나를 버리지 못 한다

아버지의 유품 중에서
문 밖에 내놓고 쓰는 물건이라
식구들은 소중한 줄 모르는데

낫 갈고 밭 갈던 시절부터
지금도 연장에 날 세워 쓴다

이차돈의 피 같은
숫돌은 젖빛 피를 흘리며
정말 칼을 용납한다

머슴 중에서도 상머슴으로서
찬물에 몸 씻으며
녹슬고 무딘 날을 세워 주는 돌
다 닳아지기 전에는 버리지 못한다.

풀꽃은 풀꽃에 기대어 산다

손닿는 곳에 풀꽃이 피어
무심히 딴다
모세관 수액이 말라
마른 흙덩이처럼 바스러지며
미미한 꽃 냄새가 심장에
의외의 진한 반점을 찍는다

바람결에 쓸리는 향기
몇 차례나 쓰러지다 일어서는
모진 생명의 여운이
진한 땀 냄새와
향수鄕愁를 자아낸다

반세기 전 전란의 기억에서
살아나는 깡통과 풀꽃
허기진 배를 싱아로 달래며
깡통에 찌꺼기를 빨며 보던
고향의 풀꽃

음지에서도 혹은
황량한 돌밭에서도
잠자던 사랑과 연민의
풀꽃은 풀꽃에 기대어 산다.

다시 풍차를 돌려라

서울의 조산祖山에 우람한 쇠못을 박고 있다
서울대 과학관 신축 현장에서
관악산 허리가 잘린다
저 슬픈 쇠못을 박기 이전에는
이곳은 구원한 진리의 설계로
지성의 산실로
보는 사람들의 싱싱한 즐거움이었다
그러나 사람들은 보리라
즐거움이 민들레씨처럼 사방팔방으로 갈리는 것을
숲과 기암괴석이 온데간데없이
공사장의 바위와 흙더미가
낙성대 계곡을 메우고
산허리는 황토색 뱃살을 자랑한다.
준재俊才들은 죽어 가는 숲에서
지성과 양심을 고집하고
낮은 백성들은
산이 동강나는 풍경을 외면한다
시간도 숨길 수 없는 이 역사役事를
모두들 보며 보고만 있다.
슬픈 못을 뽑아라

스쳐 간 바람은
다시 풍차를 돌릴 수 없다.

의지목 依支木

돌아서 갈 길을 바로 오르게 하는 나무
오르내리는 사람들 손을 잡아 준다
스쳐 지난 다음 잊었다가
벼랑에 서면 다시 생각난다
위험하게 건너 뛸 자리에서
가파른 길목에서
수명을 다하는 나무를 보며
제자에게 친구에게 자녀에게
의지목이 되어
소박하게 웃을 줄 알아야겠다
당산나무보다 신앙을 실감하는 나무
그 앞에서는 결단해야 한다
오르려 하는 자는
세속의 오만을 버려야 한다
겸허한 이에게만
그는 손을 내밀며
그는 마음의 신앙이 된다
쉰 길 벼랑에도
오래 오래 뿌리를 내리고 있다.

객담이나 하자

구름이 산을 지우고 지우는 날에는
산을 내려와서는
객담이나 실컷 하자며
술아줌마 집을 찾는다
가는 길에 꾸부리고 앉은 할머니에게
봉숭아꽃 한 줌 사 가지고 가서
막걸리 잔에 봉숭아꽃을 띄우니
마시기도 전에 가슴이
달아오른다
술의 따뜻함에
꽃의 어여쁨이 돋보이는 것이
어쩐 일인가
가슴에 응얼진 돌을 부수고
두부 안주에 안분安分이 있음에
마음이 새털처럼 가벼워진다.

월미도

단추처럼 달고 다니는 섬 하나
꿈꾸지 않으면 볼 수 없는 월미도
뻘밭은 치마처럼 섬을 두르고
조개며 밝게 농발이 들이 지천으로 놀던
꽃게를 바닷물에 씻어 먹던 시절
소풍을 가면
흐드러진 꽃잎이 시냇물처럼 흐르고
주머니에 보랏빛 물들이는 버찌
새우젓 공을 박은 보리밥도 꿀맛이다
그러나 지금은
꿈꾸지 않으면 볼 수 없는 섬
숲과 기암괴석은 온데간데없이
숲이 빌딩이 되고
산머리는 조그만 푸른 모자를 쓰다
한때는 왜색에 젖고 미군에 빼앗겨
한숨짓더니
우리 앞에 돌아온 뻘밭과 바다 낙원에는
기름띠가 널려 갈매기 먹이도 없다
단잠 깨는 송도 굴장수 아주머니
간 곳 없이 인심 또한 고추 맛인가

월미도 횟집 아주머니는 사투리를 쓴다
등대도 사라지고 도리어 외로운 불야성
코 앞에 영종도 세계시市가 되는데
지리산 청학동이 이리 그리울까
우리 옷을 입고 고향에 사는 사람들.

진주 같은 땅

오십 년을 벼르던 백두산을 다녀와서
지난해엔 별 욕심이 없더니
금년에는 관동팔경이 보고 싶어
송강松江의 글도 모처럼 읽고
간성 고성 통천을 지도에 눈여겨 두었다가
영랑호를 보고 더듬어
통일전망대에 올랐다
금강산 꼬리가 눈앞에 와 있는데
구름이 바다 위에 내려앉고
해도 산도 안개에 가려 그나마 보이지 않는다
완충지대에 사는 뻐꾸기 꾀꼬리 장끼들
소리만이 옛날 같다
그곳은 자연의 보고, 동물의 왕국이란다
총석정 만경대 금란굴
삼일포 사선정 청간정 불정대
모두 요기조기 모여 있건만
갈 수는 없는 곳
뒤에 두고 화진포에 들르니
이 또한 절승인데
해안에는 철조망이 쳐 있고

고성 앞 바다에서 고기잡이배들도 발이 묶였다
산 사람은 갈 수 없는 휴전선 완충지대
자연풍광은 살아 숨쉬는데
그곳이 저승이나 된단 말인가 그러나,
우리는 이 땅을
후손을 위해 미개지로 아껴둔다 하자
배가 뜨지 않는 강을
김포 애기봉에서 보았더니
강원도 고성에서
산 사람은 못 가는 저승 같은 땅을 본다
조개나 전복 내장에 박혀
진주가 되는 이물질처럼
민족의 뼈와 심장에 슬픔으로 박힌 땅
지금은 깃발 없는 우리 땅 완충지대
전복이 앓다 진주를 낳듯
인류의 진주를
진주 같은 땅을 단념 말고
후손을 위해 아껴둔다 하자.

호박잎 한 잎 없이

호박잎 한 잎도 아쉬운데
다 된 결실을
호박잎 한 잎 없이
물방울처럼 쓸어버린
폭우와 바람
망연자실한 농투성이는
울지도 못하고
천지에 이런,
날벼락을
일찌기 비워 버린 들판을
한가위 보름달도 허기진 듯
멀뚱멀뚱 내려다본다.

하늘로 문을 낸 서재

길이 보이지 않으면 또는
눈밭에 발자욱도 보이지 않으면
하늘로 문을 낸 서재를 찾는다
전화기 텔레비전 등
소위 문명의 이기에 밀려
실내 공간을 내주고
뒷동산을 서재 삼아 쓰기로 했다
아카시아 꽃이 지면 한쪽에는 함박꽃이 핀다
달걀 같은 아카시아 잎새는 토끼를 키우고
함박꽃은 뒤란에서 누나들 심성을 가꾸던 것
그때처럼 숲 속 깊은 그늘에서는 꾀꼬리가
햇빛을 향해 노란 날개를 편다
날개는 새색시 노란 저고리
하늘은 새파란 치마처럼 나부낀다
연녹색 5월에 뒷동산의 새
새처럼 나도 자유로워라
비비새와 뻐꾸기가 졸다 울고
어스름에 와서 우는 머슴새 소쩍새
하늘로 문을 낸 서재에는 주인이 없다
나무 새 풀꽃들이 모두 한 식구다.

용갑 군이 오라해서

천강千江에 달 뜨는 단양에
용갑 군이 오라 해서
소곡주에 취해 구담봉 앞에 섰다
여느 취중에는 바위도 달덩이 같더라만
충주호의 달은 부황끼에 누렇게 떴다
구담봉도 소복을 했다
두향杜香10)의 혼이 이 강산江山을 울 듯
우는 이의 어깨처럼 물결이 흐느낀다
시를 읊어 찬상讚賞하던 상 중 하선암
또한, 불도저에 밀려 옛모습을 바꾸고
옛날이 그리워 제 마을을 찾아 온
수몰지구 사람들은
요렁조렁 꼴불견을 보며
메기, 붕어 떼주검을 조상弔喪했다
흐르지 않는 강을 조상했다.

10) **두향杜香** : 조선의 명기로 구담봉 주변에 그의 묘소가 있다.

봄의 새 소리

새 촉이 트기 전에
봄을 여는 새 소리
몸 감출 데 없는 새가
나목의 가는 가지에 앉아
제 목소리로 운다
길고 어두운 동굴의 추위를 털고
제 목소리를 토해내는 이 아침
눈부신 재채기 소리
봄이면 돌에서 싹이 트며 맹꽁이도 웃는 것을
모두들 기지개 켜며
정말 하기 어려운 속엣말을 하자고
새가 운다
얼어붙은 펜을 풀어 글도 쓰란다
가슴 맺힌 옹이를 풀어내는 소리
태반에서 숨결을 고르다가 지금 막
태어나는 애기의 울음소리
태초에는 이런 목소리로
세상은 밝았다
어두운 구석에 송곳처럼 꽂히는 빛
봄이 깨어나는 소리.

도두람산

돌 울어서(도두러서) 도두람산
돌 우는 소리에
마음이 몸을 일으켜
저도 살고
약초를 구해 아버지 목숨도 구한
전설의 산
잠 설치는 날엔
꿈에 도두람산 효자의 손이 보인다
젊은 마음에 죽음의 수렁도 있고
늙어서도 고운 옷 입는 산도 있다
심장 같은 샘물
약초 꽃도 피어 있는 곳
언제나 보랏빛 머리에 흰 너울을 쓰고
깊은 안개 속에 길을 감춘다
길 끝에서 해가 저물 때
이 세상 먼지를 털고
그 앞에 서면
효자 귀엔 쟁쟁한 돌 우는 소리.

내리막길

설산의 상봉은 구름으로 머리를 가리우며
능선은 편안하게 누워 있다
사람들은 오르기를 소원하지만
눈이 지레 겁낼 때가 있다
내리기만 반복하는
모래시계와 시간
한 편을 비우며 또한 편을 채우는
모래시계와 시간
개울이 시간처럼 흐르며
고르지 못한 바닥에서 소리를 내고
깊은 강은 소리 없이
몸을 꼬으며 꼬리를 감추기도 한다
내려가는 길은 편안하여
강물은 제일 안락한 곳
바다로 간다
개울 따라 능선에 오르면
이윽고 강과 바다가 보이고
내리막길도 보인다.

연수 양의 편지

한강의 성수대교가 무너져내렸다 - 1994. 10. 21.
불의에 익사한 수십 구의 시신과 함께 건진 가방 속에는 한 여학생
의 숨긴 효심孝心이 들어 있었다.

「아빠 저는 요즘 얼마나 마음이 아픈지 모릅니다.
하지만 아빠!
저를 때리신 것이라 생각지 마세요
제 속에 있던 나쁜 것들을 때려서
물리친 것이라 생각하세요
아직 덜 익은 열매라서 떼를 썼지만
비바람과 천둥 번개를 이겨내고
아주 멋진 열매로 아빠 앞에 서게 되도록 하겠습니다.
1994년 10. 20일. 아빠를 사랑하는 연수가 드려요.」

―연수 양의 명복을 빈다. 그른 것을 고쳐 바른 데로 옮기기를 작정한 진실한 소녀
  의 이 편지가 세월에 묻혀 행여 망각의 심연으로 갈앉을까 하여 내 작은 지면이
  나마 적어 둔다.

자네 올 때

물푸레나무 울타리 말장을 세운 집으로
백일사진 같은 얼굴로 오게
할머니 산소에 성묘하려
더러운 이름은 툴툴 털어 버리고
나다니엘 호오돈의
어네스트를 닮아 오게
대문짝만한 명패
그게 무언가
죽마竹馬 타고 놀던 코흘리개들이야말로
진정 자네 편임을 잊지 말게
그 시절 우리들이 서로 그린 자화상은
장군도 정객政客도 아닌
순수한 코흘리개일 뿐이었지
이제 눈 위의 새 발자욱과
겨자씨처럼 작은 일도 헤아리는
단지 사람으로 오게.

선인장 가시

콜로라도 강에 투신한 인디오의 혼이다
마지막 쫓기다 낙화암 절벽에 숨진 궁녀들이
가슴 맺힌 응어리를 내뱉는 것
오뉴월 서리 같은 가시
천 년을 벗지 못해
새끼에도 가시가 있다
목숨 걸고 피운 꽃이 소복을 하고
하루해를 넘기지 못해
청상靑孀의 한숨처럼 독한 향기는
에밀레종 소리 같은 여운을 둔다
꽃에는 혼이 살고
가시에 피가 돌아
이슬이 맺힌다.

귀로 일석一石

돌아오는 길에 돌 한 개
빈 배낭
뒷주머니에 넣고 오며
꺼내 보고 만져 보며
손때를 묻히다가
깜빡 잃어버렸다
딴 주인을 찾아갔구나
오늘도 공일空日이라고
체념하며 언젠가
물 위에 써 버린
시詩 한 수首 생각는다.

경칩

눈 침침하고
귀 멍멍해도
버드나무 새잎이 보인다

스치는 바람에는
잠 깨는 개구리 소리

햇볕은 조석으로 다르고
쇠약한 몸처럼 마음이 여려
미물의 소리에도 귀 기울인다

이 봄도
코 끝은 작은 풀꽃에 가 닿으니
해가 갈수록 향기 없는 꽃에도 마음이 간다.

갈증

배나무에서
배고픈 새가 운다.

젖은 데를 찾아 맨발이 간다.
조카 사발을 흘기던 막내누이.

저수지에 들어간 옛 집터에 앉아 있다.
찔레꽃 내음이 유난히 매운 날.

두 잎 난 호박잎과
마른 바람이 눈을 감는다.

개울바닥 자갈도 바래었다.
우물을 파라
송충이를 잡아라
스피커가 열심히 땀을 내고 있다.

뻐꾸기가 마른 하늘에 수없이 침을 뱉는다.
잦아드는 물가에 가시처럼 좀생이가 뜬다.
송사리도 움직이지 않는다.

씨를 뿌리며

바위에 흙을 펴고 뿌린
씨앗에도 싹이 나고
경운기로 간 땅에도
쟁기로 간 땅에서도
씨 뿌린 곳에 열음이 있다.

부동산 투기로 산 땅에도
그렇지 않은 땅에도
콩 심은 데 콩 이 난다.

가뭄에는
구름을 쏘아라.
비가 오리라.

우리는 씨를 뿌리며
누가 어디서
무슨 소리를 내는지 듣는다.

선비는 울어도
눈물을 보이지 않고
농부는 울지도 못한다.

농부가 잠든 사이에도
농작물은 자라고
하늘을 보면 거기 별이 있다.
땅에 있는 제왕帝王의 무덤은
역시 무덤일 뿐
그도 죽고 없으니.

보리살이

쭉정이씨는 바람에 날리고
보리는 쥐불처럼 겨울을 산다.

햇살이 아직은 뿌리에 닿지 않지만
심화心火로 불탄 재에
뿌리 내리며
아리고 쓰린 일 다스려 안고
신명神命에 눈뜨고 있다.
노인의 아들인 듯 늦되는 곡식.

그들이 등걸잠을 잘 때에
은혜의 이슬은
벗은 발을 덥히고
가려운 가슴을 적신다.

거울에 비추지 않는 봄을
남모르게 모으며
별 얼고 돌 우는 밤에
진실을 이간하는 대목을 지운다.
썩지 않는 말씀을 고르다가

하류로 풀리는 풀씨처럼

들판을 덮고

이윽고

보리는 순교자의 잠 속에서 꿈이 된다.

휴전선의 패랭이꽃

국방색 유니폼의 땟국도 갈앉아
맑은 물 흐르는 산골
젊고 붉은 꽃잎 떠내려갔다.

그리고, 어머니는
휴전선 풀밭에서
밤을 지새며
지금도 분단의 복판에 앉아
아들의 희디 흰 뼈를
피리로 분다.

진혼鎭魂의 가락이 하늘에 닿아
아들들은 샛별로 꽃으로
어머니 머리맡에 모여 앉았다.
까마귀도 족적을 감춘 골짜기에서
홍안으로 핀 풀꽃
뿌리로 되돌아온 단풍처럼
어머니의 품에 안겨
꿈마다 한을 풀어드린다.

조상의 솔밭에

나라의 부름으로 가고
평화의 이름으로 살아
어떤 하늘 밑에서나
조국의 이름으로 피어난 꽃.

잡동사니 속 사진

기억 속 서랍의 왼갖 잡동사니에
섞여 나온 바래고 조그만 사진
머리 까만 계집애
눈이 동글동글하다.

그 때는 열 살 안짝
그 애 앞에선 수줍고 오갈들어
예뻐도 예쁘단 말을 못했다.

어느 날
내 앞에 삐죽 내민
그 애 손바닥에 은행 두어 알

마당에서 뽀야니
늘 분 바르고 있던 은행 알로
머릿속을 가득히 하고
집에 와서 들여다보고
보곤 했다.

비를 맞아도
이슬에 젖어도
늘 분 바르고 있는 은행 알

눈꼬리가 샐쭉한 그 애 눈매다.
그때부터 꽃보다 씨가 좋았다.

기억 속 서랍의 조그만 사진
상기도 씨의 보람은
남에게 묻기도 하며
일기도 편지도 아닌 글을 쓰는 것은
매운 맛으로
고추를 먹듯
맨드라미 같은 글씨로
진실을 메모하는 것.

예배당 종소리가
동네방네 골목을 누비던
굴렁쇠 소리처럼 들리고
열 살 안짝
이쁜이의 얼굴이 떠오른다.

새포롬

손녀의 이름을 새포롬으로 하리라.
호적에는 그렇게 하고
집에서는 새롬
또는 포롬이라 부르겠다.

세 가지 이름을 가진 아이가
세 가지 재주가 있다면
시에 눈뜨게 하고
눈치 살피지 않고
봄의 제비꽃과
가을 패랭이꽃처럼
진솔한 말로 노래부르게 하리라.

그 아이는 필경 새론 향기
파란 바람으로 우리 집에 올 것이니
뜰에 각시풀과 반지풀도 심고
그림 곁들여 일기도 쓰게 하리라.

미운 오리새끼처럼 오래 참다 보면
백조처럼 탄생하는 새포롬을 만날 것이니

호수가 보이는 시골에
조그만 집도 두고
개울에 옥돌과 동그란 오석알 주워
반지알로도 쓰고
목걸이도 만들 것이니
돌도 알고 풀 이름도 아는 사람으로 크리라.

약술

몇 대를 내림으로 익힌 솜씨
뒷방에서 돌아가는 소문처럼
술을 쬐금 빚는다.

어두운 길에 눈밭을 밟고
고사떡을 돌리는 이웃들과
몇 십 년 한 주소를 지키며

묵은 친구의 편지를 배달 온
우체부에게 권하는 술
여름에는 보리쌀로 빚어도
제 키값을 한다.

탕약처럼 짙은 향기에
탕자蕩子
낮은 문턱을 들어서라.
나무 문패를 찾아

여기는 서울의 시골
음력을 닮아 사는 살림
지붕 위에 옛날대로
달이 떠서 친구를 불러
약술 잔을 권한다.

소도 쉬는데

먼 데 푸른 산맥이
마을 앞에 와 납작 엎드려
논밭을 이루고
마을 사람들은
개똥을 주워
뙈기밭을 일구기에
겨울 해가 짧다.

밤이 되면
부엉이 소리 가까이 들리고
마을 앞 저수지
자정에 잠 깨는
쩡! 소리
동네 개들이 모두 짖어 댄다.

새벽에
구들에서
솔가지 타는 향긋한 냄새
어머니는 벌써
쇠죽을 쑤는 것이다.

소도 쉬는데
이 시간에
어머니만 일하고 있다.

물이 되듯이

인생은 불면의 밤처럼
긴 것이 아니리라.
아버지의 구십 생애도
한밤의 별처럼 짧았다.

텔레비전의 마지막 프로가 끝나면
스위치를 끄듯
깨끗한 임종을 지키는 것은
고마운 일이다.

돌을 모으나
돈을 모으나
가구를 장만하는 일이나

자정에 깨어 보면
좋은 씨를 받는
꽃을 보느니만 못하다.

상사화처럼 지고 나서
다른 꽃을 심어도 좋은
공지를 주는 아량

다른 손을
빌지 않기 바란다.

썩어서
고일 때까지
참고 있으면
좋은 술이 되듯이

얼음으로 된 조각품 녹아내리듯
자연스레 늙어
물이 되는
투명한 생애 되기를 빈다.

두고 온 만남

강가에 두고 온 돌이
자꾸만 되살아나서
물 뒤집히기 전 다녀오려
잠 설치고 집을 나섰다.

한 식구들도 돌밭에선
뿔뿔이 저 혼자되어
들추고 캐고 주웠다 버리며
마음에 드는 돌 찾아다닌다.

예쁜 것은 깊이깊이 숨어서
항심恒心이 있어도 찾는 돌 안 보이고
주인 없는 돌 곁에 앉아서
물에 발 담그고 새 소리만 들었다.

돌아가다

생가를 팔아 전답을 팔아
시간을 팔며 월급을 따라
떠돌이 된 가장
선조의 솔밭으로 돌아가다.

손에 흙칠하며
송진 묻히며
자연처럼
불로不老하는 공부한다.

먼산배기로 목젖 축이던
송화주松花酒 저녁상에 오르면
술잔에 비친 불혹 홍안이 되어
잊었다 읊어 보는 귀거래사歸去來辭.

돌 속에서 운다

다시 백호白虎로 태어나서
오석烏石에 박혀 있다.

심장 속에 견고한 사랑의 성을 쌓으며
낭군의 앞인 듯 다소곳이
좌대에 앉아 있다.

돌 속에서 나와
경주 홍륜사로 가고 싶다.
처녀로 둔갑하여
김현랑金現朗을 다시 만나
탑돌이하며
천년의 매듭을 풀어야 한다.

돌 속에서 우는 눈물
기다리며
이끼 낀 세월 앞에
오늘은 그대뿐

사랑은 성문을 열고
비로소 동動하는 피

하룻밤 로맨스를 그리워하며
목울음으로 견디며

얌전하게 당신 곁에 앉아서
오석에 박혀 울고 있는 것이다.

개야

나는 개일 뿐.
왕이 잠들면
좁은 땅덩이 끝
먼 바다를 향해 짖는다.

긴 혓바닥이
소금 냄새를 감지感知하지만
결국은
냄새를
소금이랄 것 있나.

오열하는 바다에서
멀미하는 영혼들이
떨고 있다.

떨고 있는 것들이
돋보기를 쓰고 있다.

그들을
주인하여

옷과
소금이고 싶지만

개야
털 벗은 개야.

안간힘

모기 몇 마리
아픈 살을 찌른다.
미물의 안간힘에도
마음이 쓰이는
늦가을 밤에
세발자전거가 비에 젖고 있다.
바둑이는 자꾸만 마루에 올라
꼬리로 방 문지방을 적신다.

채마일기菜麻日記 – 낫질

낫질에 벤 손가락에는
그리운 건초 냄새가 있다
농사일 놓고 40 년 떠돌이
어두운 시대의 골짜기에서
새 일터로
눈부신 흙을 다시 찾는다
부끄러웠던 손을 보며
서툰 낫질에 손바닥이 부르트는데
밭고랑 논두렁에 무성한 잡초
잡초라면 꽃도 베어버렸다
망초풀 쇠뜨기 명아주
쇠비름 까마중 소리쟁이 씀바귀
새순이 나고 또 풀이 자란다
모래시계는 곧 텅 비워버리고
낫질하는 손에는 황혼처럼 풀물이 든다
못 박힌 손바닥을 들어 보일 때쯤은
별이 점점 가까이 내게로 온다.

채마일기菜麻日記 - 밭일

사십여 년 속앓이로 밥줄에만 매달리던
그 끈을 풀고
이제 밭으로 간다
선영 발치에 다랑이밭이지만

멀리 푸른 산자락
내 안락한 마음의 터전에
2월부터 씨를 뿌리고
4월에는 모종을 한다

상치 쑥갓 콩 고추 옥수수 호박
씨를 뿌리면
바로 거두는 것 아니라

7, 8월 김매기를 할 때
햇볕은 폭포처럼 등때기를 때리고
대춧빛으로 익어 가는 이마를
손등으로 문지르는 동안

땀을 씻어주는 황혼이 와서
빈 배 속에 산들바람을 불어 넣고
병 바닥에 쬐금 남은 소주
한 잔에도 거나하게 취하였거니

어느새 고추에 맛이 들었다.
사십여 년 속앓이를 왜 했던가
선영 발치에 다랑이밭이지만
이제 다시 밭일을 하니
목욕한 듯 마음이 개운하다.

채마일기菜麻日記 – 가을카리

가을카리 고랑에 홍시물이 번지면
게다리 안주하여
논머리에서 호리병을 마저 비우고

쟁기날 이랑마다
어린것들 얼굴이 어려
소보다 앞서 가는 어버이 마음

이삭을 거두어 간 그루터기에
아이들 옷을 입히듯
두터운 이불을 덮는다

이윽고 논배미에 어스름이 깔리면
쟁기를 거두어 지게에 지고
아이들 신바람에 침을 삼킨다

뒷동산 묘지에 미끄럼 놀던 아들과
저무는 문 앞에서 만나는
검불 같은 아버지

대문을 밝히는 불빛에
아버지는 웃으며 주머니에서
올방개 몇 톨을 꺼내 보인다.

채마일기菜麻日記 - 쌀

밭에 갈 때는
산비탈 다랑논이라도 가졌으면 한다
타산은 그만두고
정말 밥맛이 짠것을 알고 싶다

서울로 솔가率家해
어줍잖은 일에 매달려
전답을 버리고
아들·딸 모두 제 길 따라 간 뒤
삼십 년을 격하여
밭일을 다시 시작한다

밭일이 벅차지만
논일도 할 만하니
그도 어려서 하던 일이다

못자리 풀베기
찔레꽃 필 때 고논에 모내기
논맬 때 거머리
벼 베는 날 궂은 비

타작할 때 소나기
다 겪은 일이다

그러고도 얼마나 가난했던지
벼를 도정해 오면
아버지는 싸라기를 보고도
눈물을 글썽이셨다
외가댁에 구걸 갔을 때
쌀이 그렇게도 무겁더란다

아버지의 눈물
쌀 구걸을 생각하며
삼십 년을 격하여 다시
흙을 섬기며 사는 뜻을
되새기며 살기로 했다.

채마일기菜麻日記 – 흙

흙1

어머니는 쑥대밭 억새밭 갈아
밭을 만들고
아버지는 갈대밭 갈아
논을 만들며
터잡아 흙벽 치고 수수깡 울타리 쳐서
손수 집도 지었다
석양빛이 빛나는 언덕길에
어머니를 마중할 때
머리에 인 거름 동이에선
호박잎 쌈 싸 먹는 된장 냄새가 났다
아버지의 등걸잠뱅이와
어머니의 베적삼은 황토색 간간한 소금맛
흙이 사는 길이다
손주새끼 다루듯 황소빛 논밭은
땀과 거름발에 차츰 옥토가 되었다
손자 손도 일손이라 나 또한
장난감 같은 지게에 건초를 날랐다
소나기 뒤에 무지개 서는 언덕에서

해금내와 건초냄새 맡으며
아이는 건강하게 자랐다
흙을 섬기며
그리 애쓰신 어머니 아버지
구슬을 녹여 큰 그릇을 만들
소망으로 한평생을 끝내셨다
이제 나는 식탁에 간장종지쯤은 되는지.

흙2

사는 길이 흙에 있다
어머니 아버지 묘소 앞에
절하는 곳 역시 흙밭이다
흙에는 사 계절이 있어
하늘빛도 색색이다
산물 또한 풍성하다
땀 흘린 만큼 거두는
공평한 자연의 섭리
천우와 신조가 허락한 땅과

흙을 사랑하리라
흙은 원금元金이다
가꾸고 받는 이자 같은 작물로 연명하니
흙을 밟고 하늘을 보는 때를
고맙게 여기며
육 척 단신이나마 언젠가는
천둥소리 들리지 않고 번갯불도 없는
흙 속에 보시하리라.

흙3

하늘에 새들
산에 짐승들
물에 물고기
땅에 사람들

논두렁 밭두렁을 제초제로 불지르고
산허리를 뭉개는 사람들
생령들이 가엾다 가엾다

보리 베고 그루밭을 가는데
굼벵이가 있다
지렁이도 반갑다
흙이 아직 살아 있구나
풋고추를 따는데
사마귀 메뚜기 여치 새끼들이 뛴다
고추밭도 살아 있구나
나이를 모르는 흙
살갗이 눈부시다

물 흐르고
멋진 맛내는 흙
꽃이 피고 열매 맺으며
일과 땀과 길이 있어
흙을 밟고 가는 길이 평화롭다
구슬을 가루 내어 흙을 만들고
구슬을 팔아 흙을 섬길 것이다.

채마일기菜麻日記 - 민들레씨

씨는 땅에 묻히고
새는 날아간다
민들레씨야
향기처럼 바람 타는
애처롭게 가벼운 솜털이다
몇 백 분의 하나가 성공한
씨곡보다 좋은 씨의 씨
가벼워서 날 수가 있다
한 머리에 피었다가
흩어지는 씨앗들
새 눈처럼 밝게 눈뜨고 날아가서
조강한 터전이거든
거기 뿌리박고 돌아오지 마라
본성대로 자라서
이중섭의 금박지 그림처럼
절실한 꽃이 피고 올찬 씨가 맺히면
누가 밉다 하랴
향기 없는 꽃은 풀냄새가 짙으니
흙의 은혜를 마음에 새길 것이다.

채마일기菜麻日記 − 마른 고춧대

끝물 붉은 고추를 따고
풋고추까지 모두 따 왔다
서리에 시든 고춧잎과
벌레들까지 털어버린 고춧대가
안식의 밭에서
등 굽은 농부처럼 베잠방이를 걸치고
신산하던 지난날을 반추한다
지난 여름은 유난히 비바람이 세찼고
가을은 일찌거니 서리를 내렸다
논두렁 밭두렁에 새색시처럼
눈길을 끌던 들국화도 시들고
어느새 벼 밑동부리도 황혼에 잠이 들었다
이제 마른 고춧대를 뽑는다
무우 배추마저 거두어들이면
들일은 끝이다.

옥수수 딸 때가 되었다

맨밭에
시詩 한 줄 적듯이
올해도 자투리땅에 옥수수를 심었다
씨 뿌릴 때는 혼자였지만
거둘 때는 친구들이 있다
거두는 기쁨은
혼자로는 벅찬 일이다
옥수수 딸 때가 되었다
옥수수 알알이 땀방울인 줄
친구들이 몰라도 좋다
금을 주고 은을 사는
'바보 이반'이라고 남들이 웃더라도
내년에도 옥수수 심기를 하리라.

자주감자

지금 어디 자주감자 있는지
자주색 꽃이 피었지
고운 때깔에 아릿한 맛
허기질 때 제 맛을 내는
보릿고개에
밑이 많아 심는다고
가난을 던다고
아린 맛을 알아야 사는 맛을 안다는
그 때 그 말뜻을 알았을 때는
닳아버린 호미날
무디고 까만 손톱의 농부는 볼 수 없이
남의 밭둑에 나와 앉아
옛날의 그
까마중 강아지풀 쇠비름 실랑방아풀을 만진다
살아있는 풀을 축복한다
자주감자는 영영 땅에 묻히고
다시 심는 사람이 없다.

콩밭에 부는 바람

붉은 해가 서산을 넘으면
콩밭에 서늘한 바람이 분다
들판 가득 잎새들이 까르르하고 웃는다

풋내 나는 콩꼬투리들은 옹알이를 하고
빈 집 같은 농심農心에도
옹알이는 한 가닥 위안이 된다

산그늘이 안산을 넘을 때까지
밭고랑에 등 굽은 농부
홍시처럼 익은 얼굴 땀을 씻는다

뿌리의 가려운 데를 알고 긁어 주는 농부
흙에 기대어 나날이 땀을 흘린다
넘어가는 해는 추수의 그물을 재촉한다

칠팔월 뙤약볕에 얼굴은 그을고
밭에서 삽과 호미를 거두어 간 다음에도
빈 헛간 속 같은 들판에는 경건한 바람이 분다.

고추밭에 봉숭아꽃

고추밭에 봉숭아꽃
붉은 고추 시새워 저도 붉단다
고추씨 받자 하니
봉숭아가 저 먼저 씨주머니 터뜨린다.

김매기

비는 질금거리고
텃밭에 잡초는 무성하다
호미 들고 따르며
내가 잠시 땀을 들일 때
벌레와 풀꽃은 가까이 오며
본성대로 소리 내고
낭만 같은 꽃을 피운다
하루해를 보내고
잠드는 밤에도
잡초는 참 끝도 없이 자란다.

다랑밭에서

다랑밭에 고추 심고
밭머리에 봉숭아도 심었다
비가 질금거리고,
뙤약볕에
달아나는 잡초 잡기 힘에 겨웠다
풋고추 시절부터
농약 살포를 금지한다
둘러선 밭에 벌레들까지
우리 고추밭에 몰려와 산다
원주민과 이주민이 어울려 산다
탄저병에 진딧물, 딱정벌레들이
먹다 남은 고추도 함께 붉으니
밭머리 봉숭아도 잘도 피었다
호미도 쇠스랑도 삽도 곡괭이도
모두 광에 씻어 두고
해질녘 봉숭아색시 보러 밭에 간다.

태양초

농사일이 글쓰기보단 좋다
농사철엔 글쓰기는 공일이다

고추 따랴 따서 말리랴
김장 부치랴
김장밭 매랴
호박 따오랴

고추 말릴 때 비 오면 어쩌나
김장 부치곤 비 안 오면 조바심 대며
기상예보에 귀를 곤두세운다

40년 손놓았다가 시작한 일
밭에 가면 윗밭의 농부가 선생님
집에서는 아내가 선생님
하시는 말씀마다 농약과 화학비료는
한사코 못 쓰게 하여
서툰 일손에 힘이 몇 곱으로 든다

본전도 못 건지는 일
돈 버리며 고생을 왜 하느냐 하면서도

아내는 태양초 고춧가루 김치 담가
아들 딸 집집이 돌리며
봉숭아 몇 포기 밭두렁에 심고
밭고랑에 비름나물 해 나르기를 좋아한다

밭일 끝내고 저녁노을에 소주 한 잔 하고
등때기에 땀 식히며 들길을 걷는
농사일이 글쓰기보단 좋다.

늦가을

억새꽃은 짧은 해를 아쉬워하며
작은 새들은 풀섶에서
풀씨를 뒤져 작은 창자를 채운다
늦가을 들판에서
농부는 나락 쭉정이를 태우며
밭에 무 한 밑 뽑아 먹으며 행복하다

밭일 말미에 고수레 잔 올리고
남은 술 마시며 취기에 허리 펴는
한줌의 목숨
오늘 해도 저문다
아주까리잎과 포도나무잎이 된서리에 구겨지고
논에 벼그루터기처럼
삶의 고단함이 논과 밭에 아직 남았다

옷에 흙물 풀물들이며
한 잔의 술 한줌의 목숨
무 한 밑 뽑아먹는 것도 행복이다
좁쌀만한 씨앗으로
팔뚝만한 수확을 거두었으니.

농부의 안식

추수는 끝났다.
호미와 낫을 씻고, 흙물 든 바지저고리도 빨아서
장롱에 개어 두었다.

김장을 하고 남은 무 배추를 갈무리하면
걱정도 끝이다.

보리는 눈 속에서도 자라고 밤에 또 자란다.
기상예보에 조바심하던 지난 계절이 아름답다.

숲 속 적막한 비록 움막이지만 먹을 것 걱정은 없다.
동면은 곰만의 것이 아니니

지난 여름 그을린 얼굴을 씻고 금강산도 가자
만이천봉에 눈도장을 찍고 와서
오는 여름 일할 때 한쪽씩 펼치려 하니.

옥돌을 주워 볼까

반평생 장타령의 풍류가 끝나는가
자갈밭 응달의 꿈이 한 가지 잠시련만
고향의 하늘만은 구름 위에 늘 푸르고
잔설 속에 누더기 벗고 배시시 웃는 매화
매화를 보러 갈까.
궂은 세월 양념으로 허송하지 않을진대
겨울 꽃방에 보며 삼동을 참고 나면
고향에 봄이 오고 언 땅도 풀리리라
지금도 개울가엔 옥돌이 남았는지
옥돌을 주워 볼까.

꽃나이

연초록 촉을 내민 개울 뚝방 너머
아지랑이 피었다
터진 손잔등 씻고
개나리 저고리에
진진홍 치마를 입었다
잘난이 나이는 꽃나이
봉숭아 물들이는 나이
꽃이 웃는데 말없는 바위
바위잔등에 안방처럼 앉아
돌을 울린다
피리를 분다
그 소리 더러 산밑까지 들린다
그때 그 소리 지금도 귀에 징하다.

제2부

풍경을 흔드는 바람

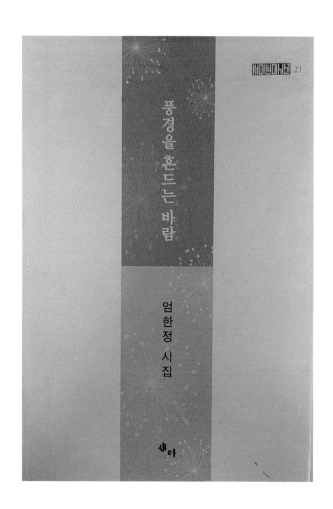

내 노래 단비가 되어

골짜기 눈이 녹았다
눈 위에 토끼 발자국도 지워졌다
생강나무꽃이 노란
병아리부리 속을 내보인다
곤줄바기새가 구면인 듯
코 앞에서 아는 체 깝죽거린다
싸늘한 안개 속에
책갈피에 넣고 싶은 복수초꽃이
갈잎 속에서 피었다
계절은 회전문처럼 돌아서
목련꽃도 치마끈 풀고 하얀 속을 내 보이리라
아기는 웃기지 않아도 예쁘게 웃고
일부러 뿌리지 않은 씨앗도
꽃이 절로 핀단다
나는 지금
봄을 꽃을 처음 보는 어린이다
이 동산에 내 부르는 노래
구름으로 떠돌다 단비 되어 오너라.

손잡이

아이들 새처럼 다 날아가고
두 내외 살림살이 소꿉장난 같다

밥그릇 국그릇 커피잔을 닦을 때
유독 눈에 들어오는
아내 시집올 때 따라온 커피잔

뜨거운 잔을 들 수 있는 손잡이
손잡이 같은 아내

내가 커피잔을 닦아도
손자 세수시키듯 다시 닦아 놓는다

내가 뜨거운 일 당해 우왕좌왕할 때
내 손을 잡아주는 아내

마지박 커피잔을 놓을 때가
아내의 손을 놓을 때.

호미 다시 들다

제자리에 있을까
강뻘에 두고 온 돌 찾아가듯
나를 맨 끈이 당기는 곳으로
40년을 돌아
고삐 풀린 송아지가 간다
벼르고 별러 내 것을 만든 작은 밭
마음을 여기 매어두고
솔밭 자락에 뙈기밭을 일군다
지금까지 누구의 농사로 살아왔나
한 일은 없고 받은 것만 많다
다시 호미를 든다
좁쌀만한 씨를 뿌려서
팔뚝만한 무 밑을 거두니
하늘의 뜻이 낮은 곳에 있음
호미를 놓은 하루가 저무는 길
서녘 하늘 붉은 노을 지고
귀소 길에 별 뜨기를 기다림이라.

파란 들

아끼는 돌 하나
대물림한 숫돌이다
대를 이어 칼과 낫을 갈았다
낫을 가는 동안 나는 파란 들에 나온 초동
검정고무신을 신고 논두렁길에서
무지개 서는 산 너머에 가고 싶었다
저 산 너머
세월이 그 너머로 나를 떠민다
빗자루 걸레나 숫돌처럼 살라는
한 스님의 말씀
살을 깎아 쇠에 날 세우는 숫돌에
다짐하듯 낫을 간다
숫돌에 흐르는 물이 눈물보다 진하다

어머니

오동나무의 두꺼운 그늘에서 졸고 있거나
문 닫힌 방에 숨은 듯이 잠들었거나
행여라도 돌 속에 꼼짝없이 박혀 있어도
애야 애야 어머니가 부르시면
에미 따라 나서는 송아지 같이 뛰어나오리
에미 품에 안기는 병아리이리
내 이순이나 고희라도
어머니는 어머니 나는 응석둥이
내 성공해 명망가 되거나
쫄딱 망해 거지꼴이 되어도
어머니는 어머니 나는 그 애기
어머니의 금반지 같은 초저녁 별 보며 생각한다
그래 그 어머니의 가호로 사바의 고비고비를 넘고
마침내 등걸에 기대어 피는 난꽃이면 좋으리
깊은 우물 속 가만히 뜨는 그 별이 되어도 좋으리

어머니의 뒤주

시골에서 이사올 때 함께 온 어머니의 뒤주
뒤주 가져오길 참 잘했다고
어머니가 말씀 하셨다
우리 팔 남매 매달려 살던 뒤주
그 위에 꿀단지 깨소금 단지 올려 놓으면
내가 꺼내 먹기 좋았다.

서울로 우리 솔거한 뒤
우리 아이들 자라며 비좁은 집 정리하다
놋그릇 양은그릇 버릴 때
어머니의 일생이 담긴 뒤주도
천덕군이 되어 버렸다
어머니의 말씀이 영 마음에 걸렸다.

뚜껑 하나 달랑 남겼는데
어머니의 뒤주라고 판각해 걸다.

어머니의 사진처럼.

소로의 집

데이빗드 소로[11]의 집은 바람의 집
숲 속 호반에 있다
아무라도 와서 주인이 되는 집

나무들이 **빽빽**하게 집을 둘러 있고
친구인듯 바람이 말을 걸어오면
나무들은 합창을 한다
한결같이 시원한 소리

해가 지고 바람이 불면
달과 별이 호수에 내려와 수를 놓고
들리지 않는 가락에도 춤을 춘다

소로의 집은 바람의 집
하늘을 지붕 삼아
나고 듦이 자유로운 무법의 집
세속을 멀리하고 산에 드는 사람들
화톳불 가에서 수다스러워도
책을 읽는 모습보다 아름답다

---

11) 헨리 데이빗드 소로: 19세기 미국의 철학가

뒷걸음질

산을 오르다가 숨차면
쉬엄쉬엄 뒷걸음질로 오른다

계곡과 능선이 첩첩인데
이 물을 건너고
저 산을 모두 오를 수 없다

저무는 황혼의 언덕을
뒷걸음질로 오르니 힘들기가 절반이다

되돌아보니 발 아래
기어오른 바위가 거북 모양이다
인생도 쉬엄쉬엄 가자
되돌아갈 수 없는 길

진리를 향한 걸음에 후회는 없다던가
걸어온 길이 고향 하늘처럼 환히 보인다.

절에 갔더니

좋은 곳을 절터라 하지
외로울 때 은밀히 부르는 소리에
조릿대를 헤치고 굴을 지나
대웅전 뒤뜰을 건너가면 선방
댓돌에 흰 고무신 한 켤레

문을 닫고 있던 선승이
내 인기척에
미닫이 문을 연다

본 적 없는 길손에게 마침
화로에 물이 끓고 있으니
차 한 잔 들고 가란다

산 속의 인심이 이렇구나
먼 곳에 미인이 살고 있었다

장흥이던가 보림사 길가의 찻집
차떡을 내오던 여주인이 새삼스럽다
산 속의 인정이 세속으로 나온
그곳이 절터였던가

냉이 캐기

일부러 씨를 뿌린 것 아니건만
남새밭에 냉이가 뽀듯하다
냉이를 캐며 아이처럼 웃음이 절로 난다
금방 한 바구니
소꿉동무들 이름도 한 바구니
이 좋은 일 참 오랜만이다
하늘이 우리를 땅에 살게 하시며
바람이 씨를 뿌리고
비가 물을 대어 해가 키운다
산야에 나물과 열매 곡식이 풍성하던 시절
새색시는 가마를 타고
신랑은 조랑말을 탔더란다
옛날이 그리운 냉이 캐기
보리밭 종달새 너도 오너라.

해질 무렵

뙤약볕도 숨을 고르며 서녘 하늘이 붉게 물들 때
아버지는 워낭 소리 앞세워 논틀길을 걸어오고
어머니는 흙물든 머리수건을 털며 땀을 씻고
밭두렁을 나선다
아이도 까치집 만한 풀짐을 지고
발걸음을 재촉한다
마을에는 추녀 아래 깔리는 연기가 구수하다
누님이 부엌에서 짚불을 지피고 있구나

장독대에 봉숭아꽃 밤을 밝히고
울타리 위로 떠오르는 달이 너무 좋아
하마터면 님의 얼굴 마저 잊겠다
어머니나 고향이나 추억이란 말과
초가 지붕에 박덩이가
그립다 예쁘다 암만 말해도 속되지 않다.

속달 주막 할머니

달 속의 달이 속달[12]인가
수리산 자락 오막살이
추녀가 닿은 마당 끝 또랑물 소리
장독대에 소담하게 눈이 내리면

할미꽃처럼 허리 굽은 주막 할머니
길손을 불러 먹걸리 잔을 채우며
이이야기를 나누고 싶어 한다

언제인가
그래 먼 옛날
이웃집 할머니처럼 말했다
중신 들 테니 장가 가라고
설한에 꽃 본 듯이 반가운 말씀.

---

12) 속달: 군포시 동네 이름.

쉬고 가렴

성에 낀 창문 밖에
끼룩끼룩끼룩 기러기 소리
적적하니 적적한 새야
머나먼 길에
몇 번이나 몇 번이나 곤두박질 했을까
얼어붙은 문창호지에
네 그림자 안쓰럽다
겨울은 밖에 두고
집에 들어 쉬고 가렴
기러기 울음 끝을 물고 오는
첫눈 위에
누가 또 첫 발자국을 찍을까

돌을 줍다가

강펄에서 돌을 줍다가 꽃을 본다
우물 속 내 얼굴 같이 까만 돌과
강물처럼 파란 들국화 위를
나비가 난다
햇빛에 날개가 부서지듯 날아오르는 나비
탁류가 갈앉은
맑게 개인 가을 강가에 서다

물 위에 뜬 구름처럼 흘러간 세월
흐르는 세월 앞에서
나이를 헤아리는 것은 부질없는 일
인생사 보석을 돌로 여기거나
돌을 보석으로 알거나
그냥 무심하게 돌을 줍듯이
여생은 맑게 개인 강물 같아라

따뜻한 손

월악산 송계 구석 낮은 산그늘에
한 산인이 산을 일터삼아 산다
뱀 한 마리 잡으면 한 마리 값으로
두 마리 잡으면 두 마리 값으로
그날의 생계를 꾸려간다
손가락을 빨아도 술맛이 난다며
잔을 권하는 손 손가락 하나가 없다
"독사에 물려 손가락 하나 주었지만
제놈은 통째로 잡혔으니 이문이라"며
웃는 이빨이 고추꽃처럼 희다
그와 악수할 때
손은 따뜻하고 상대방이 아플 정도로 세다
누구를 쳐다볼 때 눈초리는 매와 같다
여자도 이뻐해가지고 아이도 낳았다
산행을 떠날 때는 아내와 아이들을
궤짝 속 짐승들이 단단히 지켜준다
때로는 송이밭 들러 이웃에게 돌리지만
산행에서 제일 좋은 놈은
은밀한 바위 밑 거기 두고 돌아온다
아직은 내것 아냐 허전한 마음 달래며 기다린다.

이맘때

해마다 이맘때면
간절한 친구 생각에
좀 이르다 싶은데도 성급하게 묻기를
매화 분재에 꽃이 피었느냐 했더니
꽃향기 바람에 실어 보낼 터이니
잔에 술 딸아 놓고 기다리란다
지금 눈발 속에 매화를 못 본다마는
눈길 녹으면 술병 들고 가서
겨우내 막혔던 이야기 길 트고 오리라.

굴뚝의 하얀 연기

우리집에는 아궁이가 셋
안방 건넌방 사랑방 굴뚝이 셋
황혼에 피어오르는 하얀 연기
갱골에 피라미 잡는 물총새와
같이 놀던 나를
얼른 집으로 오라는 어머니의 신호다
보리짚을 지펴 보리쌀을 삶고
옥수수와 햇감자가 아궁이에 익었다
이웃집에서 붕어찜도 가져왔나보다
옛 생각이 어제련듯
오늘도 서달산 망루에 올라서니
내가 자란 계양산이
굴뚝의 하얀 연기처럼 아련하다.

도원기桃園記

도연명의 무릉도원은 옛이야기
나의 이런 도원기
부모님 산소 끝자락 조그만 밭에
이십 년전 심은 복숭아나무 두 그루
봉지 씌운 복숭아는 노랗게 익고
안 씌운 복숭아 불그레 햇볕에 데었다
그래 그늘이 필요하지
부모님 제삿날
아들은 아들을 데리고 와서
복숭아를 따서 준다
그녀석
노란 것이 맛있다며
내년에도 봉지를 씌우잔다
자식도 싹수를 보고
봉지를 씌워 키울 건가
아닌가는 자기 할 나름이다
작은 터에 복숭아나무 두 그루를 심은 곳
나의 안분으로는 여기 부모님 묘역이 도원이다.

보리는 쥐불처럼

쭉정이씨는 바람에 날리고
보리는 쥐불처럼 겨울을 산다.

햇살이 아직은 뿌리에 닿지 않지만
심화로 불탄 재에
뿌리 내리며
아리고 쓰린 일 다스려 안고
신명에 눈뜨고 있다.
노인의 아들인 듯 늦되는 곡식.

그들이 등걸잠을 잘 때에
은혜의 이슬은
벗은 발을 덮히고
가려운 가슴을 적신다.

거울에 비추지 않는 봄을
남모르게 모으며
별 얼고 돌 우는 밤에
진실을 이간하는 대목을 지운다.

썩지 않는 말씀을 고르다가

하류로 풀리는 풀씨처럼

들판을 덮고

이윽고 보리는 농부의 잠 속에 꿈이 된다.

있던 자리

쫓기듯 살아온 세월 빈 술병 같은데
때로 한가로울 때
능선 아래 낮은 초가에
있던 자리로 내일 되돌아 간다

술잔을 들면
눈밖을 벗어나는 말간 술
비워가는 그릇도
좋은 정물이 된다

오이 풋고추 고추장 탕끼
그런대로 조촐한
술상에 정담이 넘치며
훈훈한 바람 문설주를 넘는다

벗이 빈 자리에
앙금까지 퍼낸 술항아리
빈 술잔에 아직도
벗과 나의 온기와
잔잔한 미소는 그 자리에 남았다.

걸어서 절에 들면

낮에 밭 매고 밤에 먹 가는 시인이 있더라
산길을 걸어 절을 찾아가는 것은
잡초처럼 일어나는 잡념을 다스리는 길

『심상』을 다듬으며
발걸음이 길을 줄여
절에 들면
풍경 소린 쟁쟁한 부처님 말씀인 듯

절의 벽에 그린 심우도를 보면
허물 벗은 하얀 소
다리 앞에서 먼 하늘을 바라본다

허물을 벗는 하얀 소처럼
말이 말에 그칠 때
글을 지우고
말이 소금이 될 때
농부가 밭매듯 펜을 들어 탈고한다.

못다 그린 그림

못한 말을 곱씹으며
못다 그린 그림을 안고 있다
이명처럼 달고 다니는
도토리 꿈꿀 때의 풍금 소리
눈 오는 밤의 기다림
잊어버린 이름들이 그립다
하숙집 밥상은 푸성귀였지만
지금은 그 밥상이 그립다
그림 속엔 늘 풋내 나는 가슴 뜨거운 스무 살
탈 것 없는 시오 리를 걸어서
가정방문을 하면 달걀꾸러미와
빨간 감나무 가지를 꺾어 주었다
사라진 풍습
달밤을 걸었다
하숙집은 광주면 경안리 역말
어항 놓아 천렵하던 경안천
저편 건너에서 들리는 부엉이 소리
전설의 머슴새가 소를 모는 석양
못다 그린 그림 여백이 남아 좋다.

달밤

이태백이 놀던 달이 구름을 벗어난다
혼자 보기 아까워 발을 멈추고 서서
명월이 만공산이란 황진이 시조를 외운다

가만한 샘물에 바람이 살짝 분다
샘물이 웃으면 달도 따라 웃는다
마음이 한가로우니 달 가는 줄 모른다

옹달샘에 비친 달을 님이라고 탐내어
바가지로 달을 떠 물을 길었다
바가지를 비우니 달도 가고 없는 것을

산마루길 쉼터 문고

잠시 머무는 시간에 책과 벗 하세요
'서달산 산마루길 문고' 서가에
시집을 꽂아 두는 염소시인과
시집을 집에 나르는 다람쥐가 있다네
교보문고보다 시집이 잘 팔리는
잣나무숲 속 작은 문고
누구나 주인이 되는
'소로'의 숲 속의 집 같다
미당 목월 동리의 책과 나란히
염소시인의 시집이 있는데
그 시집이 자취를 감출 때마다
채워 놓고 채워놓곤 한단다
새우마냥 허리 오그린 염소시인
황혼의 고개를 넘는 쉼터에서
미당 목월과 나란히 있다.

현민이의 받아쓰기

사과는 맛있고 맛있으면 바나나
바나나는 길고 길면 기차
말잇기를 하다가 받아쓰기 합니다

오리가 알을 낳습니다
농부가 참외를 땁니다
토끼가 당근을 먹습니다
염소가 휴지를 줍습니다
하마가 풍선을 붑니다
곰이 계단을 올라갑니다
돼지가 노란 은행잎을 줍습니다
맑은 시냇물이 흐릅니다
둥근 달이 떴습니다
언니가 거울을 봅니다
설날에는 어른들께 세배를 드립니다
읽기도 대견한데
현민이가 고사리 손으로 썼습니다
할머니가 100점을 씁니다.

스무 살에게

신방에 불 밝히는 시월은 상달
시위시여 놓아 주소서
나는 화살이요
하늘을 나는 운율로 그득한 관악기

청청한 대나무로 자라서
때로는 풀잎처럼 흔들릴지라도
마음대로이게 놓아두소서

아버지 땡볕 같은 아버지
늘 팽팽한 육성
채찍도 함께이시되
낭기마를 태워주소서

쑥덤불 자갈밭일 지라도
조강한 자리 보아 새끼들을 키우면
쑥맥 같은 쑥맥 같은 이들 두루
심성에 밝은 불 켜고
신묘한 소리 내는 피리 되게 하소서.

시인의 정년

회색빛 종이 위에 추억의 감자꽃을 그린다
민들레 오이밭 메밀꽃 수수목 들의
친근한 어휘와
열 여섯 살 때 들은 아버지의 말씀을 생각한다
"너도 곧 어른이 된다
그리고 조만간 늙는다"

수없이 계절이 바뀌고 또,
회색빛 억새밭 위로 추억의 새들이 난다
그때 아버지 나이가 된 내게
"시인은 정년이 없느냐"고
막내가 지금 묻고 있다
좋은 시를 남기는
안심하고 생애를 막는 나이는 몇 살일까.

기뜩이

예쁜 이름 따로 있지만
요거 요거 요것을
우리집에선 기뜩이라 부른다
고추꽃 피어나듯 쏙 내민 젖니 네 개
패랭이꽃 입술에 머리는 삐삐
엄마 아빠 일터로 간 다음은 할머니 차지
손에 잡히는 것은 모두 장난감
단지 화초는 이뻐 이뻐 만지지 않고
장난감가지고 혼자서도 잘 놀지만
할머니가 등을 내어 앉으면
업히는 걸 제일 좋아하지
엄마 아빠와 잠자리에 들면
아침까지 보채지 않고 잠자는 것 기특해라
될성싶은 떡잎 보며
엄마는 귀염둥이 할머니는 기뜩이
고희에 이맛살 환히 펴 주는
애보개도 달가와라
현민아 부르면
네 대답하는 날도 곧 오겠지.

변명

'할아버지 담배 피우지 말아요
이상한 애기를 낳는대요'
궁색해진 할아버지는
'그래도 네 엄마는 얼마나 똘똘하냐'
할아버지 변명이 딱해보였던지
희원이 금방 말을 바꾼다
'아하 그렇죠
엄마가 이상한 건 너무 예쁘고 똑똑한 것뿐인데'

희원이 곰인형을 사달고 조르는데
'왜 애기처럼 구느냐'
엄마 퇴박에
'엄마가 그랬잖아요
언니하고 다툴 때
언니더러 왜 애기하고 싸우느냐'고
엄마는 웃고 말았다.
십원짜리를 조르던 때가 생각났다.

엄마와 딸

치마에 흙물들인 엄마가
분 바른 딸에게
손수 지은 완두콩을 건네며
적다 하는 엄마
많다 하는 딸
언젠가는 딸도 또
엄마처럼 되겠지.

한 족속

엄나무야 부르니
엄나무가 대답한다

개구리야 부르니
개구리가 뛰어든다

섬돌 아래
뱀이 허물을 벗는다

산 속에 들어
한 샘물을 마시며

몸에 밴 흙냄새 풀냄새가 같아
나도 한 족속인 줄 아네.

풍경을 흔드는 바람

탑을 흠모하여 종이 울린다
돌 틈의 샘물같이 스승의 발자취가 보이고
선사의 독경 소리 들린다
보림사던가 향일암에서 만난
보살의 미소도 물거울에 떠오른다
종이 울리면 탑이 다시 보이고
그 그늘 안에 내가 섰다
탑 주위를 맴도는 종소리는
얼마나 절실한 울림이냐
손이 못 닿는 풍경을 바람이 흔들며
엄마를 울리는 애기처럼
끝내 탑이 중심을 움직일 수 있을까.

자갈길

내리막길을 가고 있다
뒤에서 산그림자 어깨를 누르고
골짜기 물이 신을 벗으란다
길은 질곡의 자갈길
소 모는 머슴처럼 귀소하는 길
낮은 곳에서 기다리는
다섯 쌍의 눈망울
배낭을 뒤져본다
빈 그릇을 들고 오히려
남의 밥그릇을 걱정하는 아이들이다
진달래꽃 몇 가지 꺾어온 가장
육십에 능참봉처럼
패거리들로부터 멀리 떨어져
자갈길에 황소걸음이다.

별

달 여위고 총총한 별
너무 멀리 있어
그 중에도 풀꽃처럼 작은 별
어머니 머리맡에 꽃나무
불 끄니 창문에
꽃송이 벙글듯 영롱하다
언제 떠난 슬픔이냐
그 희미한 얼굴로
무슨 이야기를 할까
근심 띈 별
숨은 별들도 모두 오너라
네가 오는 좋은 밤
좋은 이야기 하자.

눈길

눈이 내린다
하늘은 은은한 쑥꽃빛
구름 밖에 달이 떠 환한 밤이다
구름에 가린 달도 밝아서
홀린듯 하느재를 넘을 때
부엉이는 목이 쉬었다
아득한 곳에는 알전등 불빛
이런 밤은 겨울 달도 따스하니.
우산 없이 맨발로 길을 걷는다
빨간 지붕 양철집에도 함박눈이 쌓이고
참새들이 대수풀 눈을 털고 있다
까만 머리 향긋한 그 댁 아가씨
적적한 내 발길 따라 나오시려나
밤새워 걷고 싶은 길이다
얼마를 가면 달에 갈 수 있을까.

나비가 접히었다

풀밭에 나비가 접히었다
풀잎 위에 얹히는 이 가벼움
나비가 안심하고
곁에 둔 꽃에 누워
영원의 갈피에 접히었다
꽃은 나비에게 나비는 꽃에게
달디 단 이슬을 받아
영혼의 머리칼을 키우며
日月이 이슬에 맺히는 섭리
새아침이 온다.

말뚝에 매여

잎새 같은 인생 행여 나무라지 말게
내 한 세상 말뚝에 매여 살더니
이제 지팡이 들고 문을 나선다
행여 잎새라 하세
민들레꽃씨야 바람을 타지만
잎새라 하세
마음 편히 여울을 타고
꿈도 살랑살랑 물결에 맡겨버리세
여울아 느리게 가세
정선에서 영월이든 영월에서 여주이든
꿈이야 좋은 것을.

창문에 불빛이

네가 거기 깨어 있으면
창문이 환하다
엄마가 네게 젖을 물리고 있을 때
창문에 불빛이 멀리 비치고
남들 모두 잠든 한밤중에
네게 젖을 주는
엄마는 두 몫을 사는 거야
그래 훗날 내가 가고
네가 사는 세상에서
밤이 되면 언제나 별이 살아나듯
엄마는 네 속에서 오래오래 사는 거야.
네 창문에 불빛을 보고 있을 거야.

하현달 2

파랗게 떠는 손을 쥐면
말없이 눈가에 무리 서는데
생각처럼 깊어가는 한밤이
밀리고 밀리는 언 하늘에
조금 남은 달빛과 눈빛
봉숭아 물들이던 열일곱은
서운한 누이
그애 사랑 하늘에 닿아
영롱한 밤 달이 되었다.

연어처럼

먼빛으로도 삼삼한
물에서 보는 산
산에서 보는 물
모천을 찾는 연어처럼
제 고향 흙냄새 그리워
길 떠난 날에
고향 하늘 아래 옷깃을 여민다
물가에 내려오는 산가르마 길에
상수리 몇 톨 주워 땅에 묻는다
예서는 눈먼 이도
새소리로 산빛을 안다
흙냄새 안고 오는 순이를 본다.

아가 일기

엄마를 찾으며 울다가 미끄럼 탈 때는
방긋방긋 웃으며 놀아요
좋아하는 수건도 많이 찾지 않고
엄마도 찾지 않고 놀았어요
손을 씻을 때 사용하는 거품비누가 신기한지
계속 만지려 하고
재미있어 했어요
낮잠 잘 때 엄마를 찾으며 울었어요
그래서 주희와 함께 누워 있도록 했더니
둘이 이야기 하다가 잠이 들었어요
내일이면 아가가 벌써 네 살이 되네요
3월에 찍은 사진에 비하면 이젠 어린이 티가 나네요.
반죽을 동글동글 굴려보며 송편 만들기를 해요.
그림을 그리면서 이야기를 해요
이야기가 그림이 되게 만들어요.

낮아서

낮아서 편한 자리
내 어릴 때 놀던 그 자리
세상에 그 많은 자리에
눈팔지 않고 살아온 세월
자녀들 키워 여원 뒤
돌아온 곳
다랑밭 일궈 푸성귀 나누며
자연과 함께 즐기는 안락한 자리
낮아서 편한 행복함이여

밖을 보아요

온종일 미음 한 모금 자시고
마른 풀처럼 누워 계시다
팔뚝에 힘줄이 희미한데
내 머리 빗질하시듯
논밭에 김매듯이
방에 손바닥 비질하시다
문턱을 넘어 거실에 나와 앉아 계시다
어머니 밖을 보아요
들판에 조팝나무꽃이 눈밭 같다
문턱 하나 넘으니 세상이 이렇게 놀랍다.

문패만 남은 미당의 집

길 물을 사람 없어
동네 한 바퀴 돌아 겨우 찾았다
주인 떠난 집에 문패만 여전하다
국화 한 다발 놓기 민망스럽다
잠긴 문 사이로 잡초 무성한 뜰이 보인다
영혼의 창고는 여기 남아있으나
말씀을 들을 수 없는 나는 귀머거리 된다
당신의 뜻으로 심은 배롱나무
후박나무 추녀를 누르고
가지 많은 감나무엔
제자들 수 만큼이나 감이 많이 붉었다
혹은 까치밥 되고 홍시 되어 떨어지리라
그 따뜻한 손을 놓아버린 제자들
씨는 흙에 묻히나 날아간 새들이다
스승의 빈 집을 어쩔 수 없어
사진 몇 장 찍고 돌아서는
먹물 같은 가슴을 쓸어 내린다.

할머니

슬픈 산 하나 가지고 있다
빗돌 없는 무덤에 박힌 지석誌石
순흥 안씨 먹글자 또렷하다
북망산에 조금 남은 흔적 마저 지우며
하늘로 오르는 연기 한 줄기
손을 내밀어
타고 남은 황토 한 줌 쥐면
숯불처럼 타는 가슴
저기 업혀 넘던 하느재고개 너머로
등 굽은 할머니가 가물가물하다.

낫을 갈 때

볼품없지만 대물림한 돌이다
낫은 여러 개를 바꿔 갈지만
숫돌은 하나
낫을 갈 때는 초동이 된다
산 너머를 그리워하는 초동이 된다
뜸북새 내리는 논두렁 길에서
검정 고무신을 신고 보는 산 너머 뭉게구름

낫을 갈 때는 낫보다
숫돌이 얼마나 고마운지
숫돌에 흐르는 물이 촛농처럼
순교자의 피 아니 아버지의 눈물처럼
가슴 저린다
낫을 가는 지금 나는
저 산 너머의 그 너머를 내려간다
추석 밑에 벌초를 위해
낫을 가는 나를
아들 형제가 지켜보고 있다.

힘들지요?

힘들지요?
말을 걸어온다
몇 살이요? 묻기에
대답하며 돌아보니
백발인데 나와 동갑이란다
세월이 화살 같고
'인생 일장 춘몽' 이라더니
한 해가 다르게 발에 힘이 빠진다
사는 것이 힘들다지만
'쇠똥밭에 굴러도 이승이 좋다' 하니
먼저 간 친구들 그리워하며
손자들 재롱 보며 그런대로 살리라.

스무 살의 눈길

스무 살 병아리 선생이 임지로 가는 길에
진달래꽃이 흐드러지게 피었다
들판에서 자라서 산골 학교로 가는 길은
말 그대로 꿈이었다
인생의 초록빛 시절이
눈 위의 새 발자국처럼 남아 있다

눈이 내려 기다리기 좋은 밤
집에 있을까
눈길을 걷고 있을까
하늘에서 피어나는 꽃이다
눈이 내리는데 달은 어찌 밝을까
그대 풍금 반주에
나는 트로이메라이를 불렀다
하숙집 마당에 눈이 쌓이며
우물가 향나무에서 눈이 푸석푸석 떨어진다
그대 발자국 소리에 미닫이를 연다
도난당하기엔 아까운 스무 살의 눈길
낙엽에 묵은 엽서를 읽는다.

노힐부득 설화

-삼국유사에서-
산짐승도 길을 잃을 법한 산 속 암자에
여인이 나타나 산기를 호소하며 노래 한다
'첩첩 산중에 날은 저문데
가도가도 집은 보이지 않소
소나무 대나무의 그늘은 그윽하고
냇물 소린 한결 새롭소
길을 잃어 찾아왔다 마오
도 깨닫는 길을 가르치려 하오
부디 내 청만 들어 주시고
길손이 누구인지를 묻지 마오'
노힐부득은 짚자리를 마련하였으니
해산한 여인은 목욕을 하고
'스님께서도 여기 목욕을 하시면
첩첩 산중에 가는 길을 말하겠소'
부득이 목욕물에 드니
물이 금방 금빛으로 변하며 난향과 사향이 풍긴다
보니 여인은 간 곳이 없고
노힐부득은 연꽃 위에 앉아 있었다.

소를 타고

아버지가 논갈이를 하면
쟁기 뒤를 따라 올방개를 줍는다
보석이라도 되는듯 눈을 밝히고
논고랑에 흙탕물이 가라앉고
올방개로 주머니가 불룩해질 때는
소도 느른한 해질녘이다
아버지는 짚단처럼 가벼운 몸에 쟁기를 지고
아이에게 소를 타라 하신다
염치를 모르는 아이는 소등을 타고
새참에 내온 콩자반을 씹으면 입이 달다
소를 모는 머슴새 소리를 들으며 집에 간다
금빛 햇살이 재처럼 사위어 지면
소가 외양간에 든다
아버지의 수고로움이 소와 같다
그 수고로움을 내려놓은 자리에 아이가 있다.

손자의 동물농장

우리집 거실에는 동물농장이 있다
장난감 동물농장
큰 그림을 위한 밑그림
농장 사진을 찍었다
현성이의 꿈을 찍은 것이다
장난감 동물농장 주인 현성이는
정말 동물농장을 가질 것이다
지금은 작은 그림
싹이 트고 자라서 거목이 되는 꿈
케냐의 세렝게티 평원에서
얼룩말 무리와 누우떼를 모는
범 같은 기상으로 꿈을 키워
정말 농장 주인이 되면
지금 너와 같은 어린이들이
엄마 아빠 손 잡고 많이많이 구경오겠지.

호박 한 덩이

나무보다 낮은 지붕들이 추녀를 마주대고 있다
새벽 닭 홰치는 소리가 이집 저집 잠을 깨운다
쇠죽 쑨 구들 따스함이 발목을 잡는데
마당을 쓴다. 물 뿌린 마당이 상쾌하다
세월이 강물처럼 흐른다던가
세월에도 상류와 하류가 있다던가
세월의 어느 갈피엔가
산수유나무 때죽나무 산딸나무가 선 마을이 있었다
잊었던 이름들이 새삼 살아나는 마을이다
풀잎 그늘 나무 그늘 산 그늘 지는 해 석양
귀소하는 길에 푸른 어스름이 깔린다
불빛도 새어나오기 힘든 창문을 달고 있는 집들
수목과 바위와 질곡을 지나
주위가 마냥 한가로운 길을
늙은 호박 한 덩이를 웃음과 함께 지게에 지고
흥부네 박인듯 지고 가는 사람이 있다.

노래

색상을 지우고 지워서 마침내
보이지 않는 이도 볼 수 있는
담 밑에 햇살처럼 따뜻하고 밝은 시詩

마침내 외마디 소리내어 우는
가시나무새를 떠올리고

뒤에 오는 해녀를 위해
깊은 바다 속 아껴 둔 전복을 떠올리다가

알을 품고 기다리는 암탉처럼
하고 싶은 말 참고 있다가

마침내 사전을 털고 나오는 노래가 되어라
바람결 매화 향기 같은.

능소화

깜박깜박한다
많은 이름들이 꼭꼭 숨었다
그리운 사람들 이름을 외우다가
막히면 꽃노래를 부른다

'산에는 꽃 피네 꽃이 피네
갈 봄 여름 없이 꽃이 피네'
누가 부른 노래더라?
달래 냉이 꽃다지 망초꽃
금낭화 섬초롱꽃 나팔꽃

아, 나팔꽃 같은
산나리꽃 빛깔로 벽을 타고 오르는 꽃
이름이 감감하다
아내에게 무심중 한 말

문자로 보내왔다
능소화라고
어두운 방에 등불 켜 주는 이 있어 다행이다

채마 일기- 태풍은 자고

아이고 고춧대야
태풍에 버팀목도 소용없이 쓰러졌구나
남들은 집채까지 쓸어갔다며 한탄인데
나는 고춧대를 조상한다
내 살 아픈 것만 생각하고 있구나
승연아 설익은 것 말고
잘 익은 토마토만 따렴 그리고
너희는 차를 타고 집에 가거라
나는 쉬엄쉬엄 걸어서 갈 터이다
말라버린 나뭇잎이 낙조의 새처럼 반짝인다
석양이 아름다우니 일부러 걷고 싶다
흙을 밟으며 살 날이 얼마나 남았겠나
외국인들 부러워 영상에 담아가는
우리 풍광 아니냐
산골 친구 찾아 갔더니
대접할 것 변변찮으니
별 구경이나 싫컷하고 가라 하더라.

빈 그네

바람아 빈 그네를 밀어라
호젓한 공원에서
조용히 흔들리는 빈 그네가 심심하다
낙엽 지는 나뭇가지 사이로
우리 하늘이 유난히 투명하다
회오리바람 타고 낙엽처럼 날아간
옛날 그 마당에 혼자뿐이다
그네 타며 즐겁던 친구들
강복이 정환이 잘난이 난철이
목화밭 호박밭 모두 어디 갔나
망연히 맨땅에 맨발로 서서
떠나버린 것들을 기린다
빈 술병에
보이지 않는 바람이 휘파람 분다.

열살적 고향에는

오클랜드 시가는 집 반 나무 반
해변은 아득한 잔디밭
타마키 해안 드라이브 코스로
파도가 금방금방 기어오른다

아득하지만 열 살적 내 고향에는
나뭇잎들은 제나름의 제빛깔로 반짝이고
오클랜드 바다처럼 희고 긴 구름과
타마키 해안처럼 용암이 끓는 해도 있었다.

달아달아

달이 늙는다면 말이 되느냐?
달처럼 한 눈에
세상을 뚫어 보는 시인은 있으리라
월로사月老寺 스님 같은

늙은 달이란
달을 경배함이라
황혼빛이 안산을 넘어가면
잃어버린 달 찾아
달 뜨는 풍경을 사랑하리

달을 보자고 정자를 따로 짓지 않아도
굴렁쇠 굴리며 놀던 언덕에
관악산 덜미에 밝은 달아
어머니 떠나시던 날은
달이 행주처럼 젖어 있었다.

달보기 별

서울 하늘에 뜨는 별
달무리 가에 오직 하나
엄마 찾는 강아지 눈빛으로 달 찾아 나왔다
달 넘어가도 남아 있는 별
달보기 별이라 불러본다

보리밭 종달새 모두 어디 갔을까
시골에 그 많았던 별 다 어디 갔을까
형광등불로 편하게만 살자고
별을 쓸어버린 하늘
달 없는 사막이다
가람[13]의 별 노래 그리운 노래
사라진 것들을 찾아 시골에 간다

나는 베란다에 나와
애보기 되어 별 노래를 들려 준다
너는 내게 땅 위에 하나뿐인 별이라고.

---

13) 가람 : 시조시인 이병기의 호

지금도 생각나는데

지금도 생각나는데
소식 감감한 친구
꽃이 피는데 친구 생각에
눈이 즐겁지 않네
'인생은 나그네'라 농담하며
앞서지 말고 뒤지지도 말고
어깨동무 해 가자고 했지
축복 받은 인생
물이 막으면 징검다리 놓고
언덕이 높으면 지팡이 되자
때로는 소가 되고 수레 되어
업으며 업히며 가자
지금도 생각나는 사람 좋은 친구
바람결에 음성 들려주게
그 음성에 그대 얼굴 그리겠네
돌아오게
여기 누가 만든 꽃밭이기에
나비들은 마음껏 와서 노는가.

주용송珠鎔頌

선친의 함자가 구슬 주 녹일 용자
바닷물 길어 소금 굽듯이
평생 돌을 녹여 구슬을 빚다
부모님 나를 불러 구슬이라 이르니
모진 마음 모래에 갈고
물에 헹구며 살다가
마침내 은혜의 집에 들면
다음은 그냥 돌일 뿐
하늘은 구슬 같은 이슬을 내려
사라지면서 흙을 적신다.

큰 돌 세우니

길가에 나온 부모님 묘소 앞에
보령에서 온 큰 돌에 추모의 정 새겨 세운다
저 먼 곳에서 내 못쓴 글씨가 보일까
두 분의 뜻에 따라 세상에 대고 세움이다
편의 앞세운 도로여
너무 가까이 무덤 앞에 다가서지 말라
맨발로 흙을 밟는 것은 축복이었다
산이 물러서거나
오석에 새긴 이름이 바랠 때까지는 고사하고
새긴 글이 의미를 잃을 때까지
제자리를 지키어라
주변에 유실수로 작은 과원을 만드니
꽃 만발하여 열매 달리거던
복숭아 매실 보리수 감 따며
손자들 와서 즐기고
많은 축복 받은 이 세상에
바람에 떨어지는 낙과이려니
길손들 딸 것도 더러는 남겨두어라.

살살이꽃 바람길

별이 지고 초록빛 새소리 아침을 연다
그리운 사람의 환생인 듯
돌에서 새촉이 돋아나는 꿈을 꾸었다

몇 줌의 재를 담은 돌병에
부모님 이름을 썼다
네가 잘 다니는 길가에 묻으라는
말씀을 따랐다

부모님 떠나신 길로
지금 살살이꽃 바람이 분다
진자리 마른자리 가리지 않고
예쁜 마음이 뿌린 씨앗이 꽃을 피웠다

가는 허리 살랑살랑 흔드는 살살이꽃14)
가을 저녁 노을에
새소리 더불어 가는 꽃바람 길
인생의 질곡이 끝나는 아름다운 길이다.

---

14) 살살이 꽃 = 코스모스꽃

질마재 국화밭에서

앨범을 편다
또 그리운 스승 미당이다
세상에 다시없는 스승
나이는 없다며 하루하루 일생처럼 사시던 분

'국화 옆에서'를 처음 읽던 때를
20년도 자난 어느 겨울 눈 오는 날
무슨 억하심정에 거나해서는
안에 계시냐
대문을 걷어차는 제자의 호기에
왈, 예쁜 메뚜기 같은 놈
파안대소 하시던 모습
스승도 제자도 나이를 모르는 꼭 선머슴아였다

하직 인사를 하면 마루를 내려와
샛문을 비켜 대문을 열어주시며
춘부장께 꼭 안부 전하라 하시더니

이제 정말 나이가 없는 영원한 고요에 드신 곳
질마재 언덕이 온통 국화꽃이다

질마재 언덕 미당의 잠자리를 비추는 달이
온 누리를 밝히는데 가는 길마다
'아니 온 듯 다녀가세요'팻말이 섰다
거기 노란 국화 몇 송이 차를 만들어
미당국화차라 명명하여 음미해 본다.

미당 시인 부인 방옥숙 여사

그 시인에겐 그 부인이 있었다
내 농사 짓던 시절
수수목이나 풋콩 단이나 가양주를 들고 가면
'여보 한정이가 왔어요'
미당 시인 앞에 안내하시던 방옥숙 여사

대나무 숲에 은거한 미당의 초당
시인의 분방한 마음의 편력을
다소곳이 지켜본 방옥숙 여사
먹구름에 천둥이 가슴을 치던 날들도
'원망 같은 건 안해 봤어요
살다보면 헤쳐가겠지' 하고

'저 봐요 관악산이 웃고 있어요'
하니 미당은
'당신이 시인이고 나는 대서쟁이야'
문학의 향기 장짓문을 넘어
몸에 밴 방옥숙 여사
똑 같은 고무신 맞잡은 손 닮은 미소
당신을 시인으로 만든 애인 곁에

나란히 질마재 언덕 국화밭에 누우시니
생전에는 모르셨지요
이 넓은 국화밭이 당신의 것인 줄을….

묵은 이야기

햇살 같은 木月 시인의 원고료와 커튼,
시집 한 권의 인세로 쌀 두 가마 값을 받던 시절
당신의 사연을 대필한다.

아이들이 얼마나 좋아할까
골목 어귀에 들며 아이들 방 창문부터 보았다
고대하던 커튼이 없다
아내는 알토란 같은 원고료로 요를 새로 꾸몄다
아이들은 커튼을 고대했건만

아내는 알싸한 내 눈을 보았다
그리고 그 일을 잊었는데 어느날
창문에 만발한 꽃들이 석양에 빛난다
아내는 헝겊을 모아 조각보로 커튼을 꾸몄다
생활에 짠맛내는 오색 조각보
눈꺼풀이 또 알싸해진다.

쉬운 말

쉬운 말은 모두 그럴까
사람들을 감동시키는 말은
아주 쉬운 말들이다
김수환 추기경이 마지막 남긴 말씀
"고맙습니다. 서로 사랑하십시오."
"이는 또한 그분의 말씀이며
그분은 하느님이요
나는 그분을 가리키는 손가락이라."
그 실행으로 하늘을 사랑하여 별을 수놓고
세상에 빛을 더하시더니
그래도 못다한 일 사랑이라 하시다

미당 서정주 시인의 마지막 말씀
"허허 국민 여러분 잘 봐 주세요
이 나라가 잘 되려면
미래의 꿈나무인 어린이를 잘 키워야 합니다."
엄마 말씨처럼 정감 있게
풀꽃처럼 표나지 않게
숨은듯이 그렇게---.

매화골 작가 이동희

녹슬고 무디어진 농기구에
새로 날세우는 숫돌이 되어
피 말리는 아픔의 결실을 이룬다
작은 것으로 큰 일을 이루니
척박한 흙에서 홀로 자란 조선솔 같다
외롭게 『농민문학』에 진력하여
민족문학의 반석 위에 올려놓았다
문학하는 양심의 쌀로
민족의 혼불을 지폈다
흙은 사랑과 땀의 산실
눈부신 흙을 경작하듯
『농민문학』에 열정을 기울이며
정갈스럽게 인생을 가다듬는 그대
진주조개처럼 가슴을 앓다가
"땅과 흙" 대작을 이루었다
생명과 문명의 먼동이 튼다.

1992년 미당未堂

회갑해 겨울날
할머니 품이 그립다던
1992년 7월
1천 6백 25개의 산 이름을 외우다
부인을 동반하고 유학길에 오르며
'일흔 넘은 동양 학생을 보면
모스코바대학 교수들도 조금은 놀랄거야'
도스토예프스키, 푸쉬킨을
원어로 읽어볼 마음에
나이를 잊고
관악산 기슭을 떠나서
코커서스에서도 몇 년을 살거라며
'나는 참으로 그리워하는 사람이야 ….'
말씀하신 그 스승이 그립다
올해도 질마재 국화꽃밭을
사람들이 벌떼처럼 찾아온다.

대상포진

- 이창년 시우에게-

설악산을 혼자 넘으리라
다짐했던 녹음에
대상포진이 발병해서
앓다가 보니 벌써 가을
이제 험한 산 넘을 엄두는 내리지 말고
계절이 넘어가는 산자락에
예쁜 구절초나 보고지고
겨울이 머잖다

"수다스러워질까 하여
그냥 어떠하신지
많이 좋아지셨다니
마음 가벼워져 고맙지만
고맙다고 할 채비가 못된다
'인생은?'
'나그네 길'
서로 바람을 긋듯 주고 받으면 족하다"15)

---

15) ""부분 이창년 시인의 글.

내일이면 내일이면 좋아지겠지
일 년을 넘겨 앓는 어느날
이창년 시우의 안부 편지다.

물결같이 오석같이

- 시인 황송문-

섬진강 물머리 오수에서 태어나니
멀리 지리산 능선이 지평처럼 펼쳐 있고
가까이 마이산이 보랏빛이다

명산과 청강은 인재를 낳고
인재는 고향을 명소로 키운다 하니
붕어맛이 구수한 고향

객지 바람에 어느 새 정년이란다 솔바람이 그립다
살을 깎으며 군살을 덜고
섬진강 물머리에서 하동포구쯤 와 있는 돌인가

물결 같은 마음
강인한 속살만 남은 오석
'은모래로 이를 닦으시던 할아버지의
상투 끝에 맴돌던 잠자리'
문양이 완연하다.

별명 염소念少

그는 양력보다 음력의 인상을 준다
소위 출세영달이란 것을 곧잘 접어두고
초조하거나 성급한 눈치를 보이지 않는다

그 염소 비슷한 눈과 입 모습에
고대 신선도 속의 깊은 산자락 바위 위에서
가만히 앉았다가 뿌시시 잠깐 일어나서 온 것 같은
늘 조용함에 염소念少에 맞춤이다

천생 바지 저고리 티를 못 벗는 친구
그늘과 구석과 깊은 데와
귀빠지게 고요한 쪽에 잠기는 그는 순식물성 기질이다

이런 그와 아조 한가한 음력 설날이나
추석의 한 때를 같이 해
우리나라 농주를 서로 권하는 게 매우 달갑다

염소와 비슷한 데가 있는
그의 얼굴의 잔잔한 미소를 곁에 보며
같이 농주를 마시는 게 아조 달가운 것이다

박종수의 혼자 술

앞서거나 쳐지지 말고
동인同人이니까 나란히 가자고 그러더니
벼락치듯 혼자 가는가
우리에게 남원의 봄이던 자네

광한루에서
경주 석병호 시인과 술을 자시다
그를 보내고
비에 젖은 새처럼
늦가을 저녁 놀 속에 혼자 술을 자시다

나와 변세화 시인을 보내고
오늘 또 광한루 귀퉁이
춘향 사당 댓돌에 앉아
춘향 영정 바라보며
짚신 잔에 술을 따라 혼자 술을 자실까

남원 '은성집' 여주인 말로
박 시인 얼굴엔
정월에도 봄이 온다 하니

올 겨울도 운봉 장날
무쇠솥에 끓는 콩나물국 놓고
그 구수한 풍물에 젖구 싶구나.

유승규 소설가를 기리며

옥천 문필봉 아늑한 자리에 인재 태어나시니
소설가 유승규이시다
그분이 살고 마침내 마지막 누우신 곳
언제인가 벗 이동희와 같이 그곳에 갔을 때
산신령이나 자셨을 법한 송순주와
맛깔스런 잔치국수 사모님의 손맛이 있었다
명산은 인재를 낳고 인재는 고향을 빛내나니
고향과 『농민문학』을 빛낸 그분
이웃집 아저씨처럼 수더분하고
나를 낮추고 너를 높이 칭송하였다
스승 이무영 문하에 들어 문학 하기를
소가 다랑이논 척박한 밭 갈 듯이 하였다
한 때 조선일보 뒷골목 다방과 주점을
전전하며 가벼운 주머니를 비운 적도 있었지만
소가 워낭 울리며 밭 갈 듯이 영농하며 집필하며
『농민문학』을 안고 살아 불후의 명작들을 남기었다
소설 빈농, 지주, 만세, 푸른 벌, 농기, 농지
도시의 직장의 유혹을 뿌리치고
노농의 서글품과 뼈아픈 심정을 그린 작품들
『농민문학』정신 강물처럼 흐르고

이제 뒤에는 푸른 숲 앞에는 맑은 강
몸을 본향에 맡기시었으니
그분의 업적과 인품을 기리며
삼가 유승규 소설가의 극락왕생을 빕니다.

인간 채명신

건군 이후 병사 묘역에 안장된 첫 장성
늘 동작동 현충원을 바라보며
"부하들 곁에 묻히고 싶다"고 말했다
3년 8개월 동안 월남에서
자신을 따르던 병사들
그를 치켜세우는 자리에서
언제나 병사들의 전공을 앞세웠다
진정 인간적인 모습으로
병사들 앞에 별을 내려놓고
영원한 쉼터로 택한 2번 병사묘역에
어깨 나란히 작은 비석으로 서서
묘비명을 남겼다
'그대들 여기 있기에 조국이 있다'.

장호농원 주인

무궁화 길에 들어 보았다
내가 사랑하는 생활을 그가 살고 있다
흙에서 겸손을 배우고
초목에도 예의를 다하듯
무궁화를 가꾸는 사람
바람이 불면 허리를 굽히고
단비가 내리면 손을 모아 하늘에 감사한다
한해살이 꽃이나 여러해살이 나무에
한결같이 정성을 다하는 사람
장호농원 주인 전병열
정자를 짓고 뜰에 잔디 양탄자를 펴고
삼계탕으로 친구들을 맞이한다
자식처럼 애틋한 배롱나무 두 그루 받아
부모님 산소 가에 심는다
세월 갈수록 수피가 고와지는 배롱나무

산이 온다

내가 즐겨 찾아 오르는 산이
황혼이 지면 내게 온다
외양간으로 들어서는 소처럼
슬그머니 거실로 들어선다
정담을 하자는 것이다
아내처럼 아들 딸보다 가까이서
내 외로움과 괴로움 슬픔을 위로해 주는
마음의 버팀목
마침내 내 쉴 곳도 산
그리운 세월 속에 간 사람들이 있는 곳
그곳으로 내가 소를 타고 가는 초동처럼 천천히 가고 있다.

팔월의 백두산 천지에서

신령한 하늘이 천지에 내리시니
웅녀여 오심으로 천지개벽이다
이 물가에 배달민족의 알이 태어나고
동명성제 첫터를 잡았다
그 숨결 영봉의 기세 반도로 뻗어내려
백두대간 금수강산을 이루었다
물은 넘치고 땅에 스며들어
압록강 두만강 송화강 물꼬를 텄다
우리 반만 년 역사의 거울이 여기에 있다
잠을 설치며 벼르던 백두산 등정
폭포의 물보라 무지개를 두르고
지축을 울리는 말발굽 소리를 뒤로
새처럼 산천어처럼 날렵하게
하얗게 부서지는 승사하를 따라갔다
초원과 천지가 광활하다
과연 천하를 호령할 만한 터다
들꽃 한 송이도 아까운 이곳에서
천지의 물을 길어 병을 채운다
돌 하나 주머니에 넣는다
오늘의 이별은 이별이 아니다
광복의 팔월 천지에 내가 우는 것이 꿈이 아니다

백두산 천지의 물

저기 하루 자고 여기 사흘 묵어서
백두산천지에 오른다
어둠이 걷히면 비도 그치리 기다림 끝에
장백폭포에 무지개가 선명하다
얼마나 별러서 온 것이냐
마침내 백두산천지 앞에 선다. 광활하다
좋은 울음터에 한바탕 울만하다
수십 년 등짐을 내려놓은 듯
궁궐 문을 열어젖히듯 가슴을 편다
승사하를 따라 펼쳐진 초원을
아이처럼 뒹굴며 울다가
바라보면 구름이 흘러가는 저기
국경을 달리는 천지를
건너는 배는 없고
다만 내 선조의 근원을 천지에서 본다
이 물을 길어 병에 채워 간다
우리의 우물 맛이다.

봉정암 가던 날

산에 드는 것은 절을 찾는 마음이다
버릇 때문에 머리 허연 나이에
봐도봐도 가고픈 설악산을 오른다
구부 능선에서
힘겨워하는 노부부와 사미니를 만났다
라일락과 함박꽃 향기가 예까지 올라왔다
어둠에서 빛 속으로 들어가듯
봉정암에 당도해 보니
풍경도 삼매경인 듯 고요한데
법당 문은 닫쳐 있고
댓돌에 흰 고무신이 고즈넉하다
예서 하룻밤 묵고 가리
칠흑 같은 어둠 걷히기를 기다려
새우잠을 깬 아침은
소나기 그친 뒤 하늘처럼 맑다
오색으로 내릴까
천불동 쪽을 택할까 채비를 서두른다.

귀면암에서

대청봉에는 잣나무도 누워 누운잣나무
천불동 계곡의 귀면암 머리에는 청청한 소나무
생명의 뿌리 바위틈을 비집고
고래 힘줄처럼 동해에 닿을 듯

누운잣나무는 높은 곳에서 얼굴을 숙였고
귀면암은 낮은 골짜기에 우뚝하다
가까이서 안 보이던 귀면이
멀리서 보니 오히려 신비하구나

설악은 설경이 제일인데
눈길에는 쉽게 시작하여 이별하는 사랑과
손을 잡아주는 의지목도 있지만
흔들리는 바위도 있다

놀아라 잘들 놀아라
내 품에서 놀긴 하지만
새처럼 날아 오를 생각 마라
길 아닌 곳으로 오르다가 실족하면
지게에 얹혀 청솔 덮고 가는 아이야
하늘에 침 뱉는 너의 이름이 부끄럽다.

낙성대 落星坮

관악산자락 봉천동
하늘 아래 제일 높은
하늘을 받드는
그래 깃발 높은 동네
산은 돌며돌며 인생처럼 천천히 오르는 것
그렇게 지는 척하며
세상살이 조금씩 밑지면서
불우이웃과 같이 우는
밑절미 좋은 사람들이 이웃해 사는 동네
멀리 작은 듯이 보이는 별처럼
마음의 여지를 보이는 겸허
그래 작은 창문에
큰 별이 보이는 집 집들
옛날옛날 관악산자락
강감찬 장군도 살았다네
멀리 보면
하늘 가는 길 같은 능선은 하나
우리 지붕이 된 관악산에
낙성대가 하늘가에 보인다.

월노사 月老寺[16)

너무 멀리 있기에 작게 보이는 별 별무리
푸른 은하물을 건너오는 달
하얀 구름 속에서 토끼는 떡방아를 찧고

한낮을 울던 뻐꾸기 숲에서 잠들 때
목화꽃 피는 언덕에서 안고 놀던 달
향촌의 길에는 달이 실어오는 향기가 있다

수목과 바위와 질곡의 삶에 쌓인
회한과 시름을 달래려 서해를 건너
마침, 월노사에서, 잃어버린 달을 다시 보았다

희한한 절 이름에 부쳐
미달한 시객이 "달이 기운다" 하니
老子 이르되 "달이 기운다고 아주 지리요
月老는 달을 경배함"이란다.

---

16) 月老寺 : 중국 강소성 무석에 위치한 太湖의 섬에 있는 절.

우리 지붕 관악산

멀리 보면
하늘 가는 길 같은 능선은 하나
우리 지붕이 된 관악산이
하늘가에 보인다

옛날 같은 달이 떠서
과천 나무장수 이야기
할머니의 음성처럼
가만가만 안방까지 들어온다

살갗 만지듯 오르는 산
그 자락 낙성대 이웃하여
하늘가를 즐겼던 미당未堂
손에 잡힐 듯 머리 위에 웃고 있는 산

하늘을 받드는 봉천 신림 사당
모두가 평안하라는 안양
관악산을 지붕 삼아 한 동네를 이루고
잘 살아라 잘 살아라 말씀으로 섰다
우리 죽어서도 바라볼 곳이다.

진도 소곡리 북춤

고향이라면 어머니
섬이라면 진도가 떠오른다
섬이라서 큰 다리 놓아
순후한 인심과 빼어난 풍광을 내륙에 퍼 나른다
놀이라면 모두가 신명 나는 강강수월래에
진도 아리랑이 맞춤이라
춤이라면 소곡리 북춤
저녁 상을 물리고 홀가분하게
동네 마당에 고무신을 신은 채
잔잔한 물 위에 배 떠나가듯
진양조로 시작해
피리 소리 잦은 가락 휘몰이로 신바람을 내면
어깨가 으쓱으쓱
나비 날고 학이 춤추고 숭어 물위로 뛰어오른다
산을 울리고 파도를 일으킬 듯 천둥 치는 북소리
둥근 달도 한패가 되어 우쭐대며 춤을 춘다
호미를 놓고 삽을 놓고
동네 마당에 모두 모여
논밭에서 흘린 하루의 땀을
북춤으로 씻어낸다.

진도 행行

진도 하면 옛날 삼별초가 궁궐을 지어
지키던 섬이라지만
울돌목 위에 큰 다리 놓여 내륙이다
내륙이라도 바다가 빙 둘러친
천혜의 풍광에 유적이요 명승이다

진도 하면 충직하고 용맹하고
죽기로 제 집을 찾아가는 개하고
구성진 진도아리랑 가락
비릿한 갯내음에 실려 후한 인심 살맛을 내고
소포걸군농악이 신바람을 더한다

그곳에 내 업히고 싶은 친구 강무창과
새로 눈맞춘 소포리의 고진 김병철이산다
거기 아주 살진 못해도
서너 번 가도 가고 싶다
소리를 내어 우는 바다 길목을 건너 또 가고 싶다.

벚꽃길

꽃 보네 둘이서 꽃 보네
신방에 신부 맞이하듯
언 땅을 밟고 온 맨발에
내리는 따뜻한 햇살
꽃자루 송이들이 간들간들 나부낀다
삼천 뼈마디가 일어서는
소름 끼치도록 황홀한 개화
둘이서 꽃 보며 눈 맞추네
시간도 멈추어 선 듯
간지러운 웃음 소리 단내나는 향기 일색일세
쉬엄쉬엄 가자
눈 감아도 눈부신
여기는 둘이 가는 벚꽃길이다
더 보아도 눈팔 곳이 없다
이렇게 좋은 하루
시계는 정말 멈추었을까
촛불이 꺼질 듯 나부끼는 꽃송이에 바람이 분다.

기다리면 피겠지

산수유꽃 봉오리 노릇노릇
기다리는 꽃동산
꽃 핀다고 잔치할까
꽃 진다고 곡哭할까
인생살이 오고감이 꽃 같아라
철 따라 꽃 피고 열매 열고
부모님 모신 동산에
산수유꽃 노릇노릇
기다리면 피겠지
기다리면 꽃새도 날아오겠지

들국화

하는 일 부질없고 갈 곳도 막연하여
돌 하나 주울까 강펄에 나왔더니
찾는 돌은 홍수가 몰아가고
보석보다 고운 들국화가
간들간들 나를 불러 세운다
황량한 돌밭에 혼자인가 하였더니
온종일 제 그림자만 바라보는 꽃이 나를 반긴다
돌일랑 말고 꽃을 옮겨 올거나.

사랑초

낮게 앉아 작은 꽃이 피는 사랑초
꽃봉오리가 실잠자리만하다
꽃봉오리라 할 것도 없이
수련꽃 물 밑으로 잠기듯
밤에는 꽃잎 오므리고
해가 중천에 올 때쯤 그제야
다문 입술 핑크색 꽃잎을 연다
긴 밤의 나라에서 온 아가씨인 양
자줏빛 고운 잎에 감싸 안기어
애기처럼 어리광을 부린다
길들인 꽃
꽃 하나가 꽃밭 전부보다 소중해
수천만 별들 속에 내가 보는 꽃.
이름 부르면 낯 붉히는 이런 아가씨
지금도 여기 살고 있으니.

고추꽃을 보며

나무껍질만 보고는 이름을 모르겠더니
혓바닥을 내미는 잎새들
저요저요 이름을 불러 달라 종알거린다
엄나무 드릅나무 허깨나무 마가목 노각나무
먹으면 약이 되는 나무나무 이름을 불러준다
나 언젠가 숲속에 자리 보아 누우면
아들 딸 또 손자 손녀들까지
오월의 잎새들처럼 내 이름 부르려는지
오늘은 고희도 고개 너머 애보개 되어
고추꽃 피어나듯 쌀알 같은 젖니 본다

미나리

'소나무나 매화가 아버지라면
미나리는 어머니'라고 읊은 시인은 왕유王維다
나무의 일품이 소나무요
야채의 일품은 삼덕三德을 갖춘 미나리

가난에 시달리고 시절에 억눌려 인생이 고달프면
응달의 수렁에서
오히려 싱싱한 미나리가 떠오른다

날이 가물어 풀과 곡식이 누렇게 타들어가고
태풍이 과일을 쓸어버리고
소가 병들어 산채로 파묻을 때
가뭄에도 푸르름을 잃지 않고
강인하게 살아가는 미나리가 위안이 된다

진흙탕 속에서도 때 묻지 않고
미나리처럼 싱싱하게 잘 자라라고
뜻을 길러주는 어머니
그래 '호미도 날이언마는 낫 같이 들리 없다'하였다.

꽃 소식

소나무 사이에 정자를 짓고
해맞이 달맞이 하며
차를 나누자던 때가 언제인가
깜깜하니 소식 없다가
매화가 피었단다
어느 나라 소식인가
무슨 바람 무슨 햇볕이기에
양력 첫 달에 매화가 피었단다
아직도 산골짜기에는 쌓인 눈이 그대로 있고
부엉이는 새도록 봄을 불러 목이 쉬었는데
수화기를 타고 오는 소리에 귀가 뻥 뚫린다
찻잔에 꽃잎을 띄웠더니
그윽한 향기에 친구 얼굴이 떠오른다고
다기에 다시 물 부으며
멀리 있는 친구를 한탄한단다
화선지 펴 놓고
그 찻잔에 향기로운 매화를 그린다.

귀룽나무

한다리길 백 리를 걸어서
누님댁에 가노라면
조랑말을 타고 싶었다
보리밥도 아쉽던 시절
쌀밥에 김을 얹어주며
많이 먹으라는 말씀이 더 맛있다

누님 동네 어구에 홀로 선 귀룽나무
그 아래서 놀던 나는 친구
스무살 꽃나이로 시집가서
두 아들 뒷바라지에
손에서 호미가 떠나지 않았다
귀룽나무는 육십 년 넘겨 나이테를 더했지만
인민군 부역 나간 뒤 소식 없는 남편
누님의 가슴 속엔
귀룽나무 옹이처럼 옹이가 생겼다
쪽진 머리 새털처럼 하얗다.

금낭화

꽃들은 모두 이름이 있다
자잘한 풀꽃까지
그리기 좋은 꽃은 이름이 예쁘다
금낭화를 보면
비단주머니가 조롱조롱 달린 것 같고
심장 모양의 진분홍이다
활짝 피면 목구멍 속까지 보인다

옛날 어느 시골에
가난한 며느리가 살았다
밥을 다 짓고 맛보다가
엄한 시어머니께 들키는 바람에
밥풀을 급히 삼키다가 목에 걸려
가난한 며느리는 죽고 말았다.

그 무덤에서 금낭화가 피었는데
밥풀꽃이라고도 하는 연유다
할 수 있다면 내 저승에 들 때
배고픈 꽃 만나 위로할거나
전설보다 예쁜 꽃.

풍난꽃

풍란은 숯처럼 타버린 바위에 이슬을 받아먹고
심심하다고 보아 달라고
그림자도 작은 잎 속에서
소금밭 같은 꽃을 피운다

육지를 향해 실 같은 목을 빼어 늘이고
꽃을 흔들던 풍란
가난한 집에 귀한 집 딸 들이듯
백도에서 가지고 왔다

간절하면 등걸에서 싹이 난다고
괴목에 풍란 올려 목부작을 만들었다
긴 세월 기다린 보람으로 꽃이 피었다
꽃이 고마워 자다가도 깨어 본다.

소금꽃

칠월이면 꽃 피어
순백의 마음이 나를 부른다
소금밭 짭짤한 절벽에서
이슬 받아 피는 소금꽃[17]
낮게 앉아 그림자도 감춘 채
비바리 물질 보며 하얗게 웃고 있다
백도에 소금꽃이
뱃고동 소리보다 멀리 향기를 보내니
꽃이 있어 섬이 된다고
천리 밖 사람에게
꽃 향기를 전한다.

*

17) 소금꽃: 풍란꽃

분꽃

분꽃은 저녁에 피는 꽃
분꽃이 필 때
누나는 일터로 간다

분꽃 같은 누나 얼굴
분꽃 이슬은 누나의 땀방울
아침에야 얼굴 숙여 집으로 돌아온다.

고故 진의하 시인을 애도함

울기도 많이 했을 사람
남산의 깡통이 휘파람을 부는 소리
그 내력을 누가 알까
등산할 때나 주석을 같이 할 때
낮게 앉아 큰 소리로 좌중을 웃음 바다로 만들었지
외로울 땐 날 부르라던 사람아
그 약속을 잊지 않았네
당신을 좋아하는 이 많은 문우들을 뒤에 두고
어찌 그리 빨리 먼 곳으로 떠나
허망하게 하는가
빈 자리가 너무 크네
지팡이를 보낼까 좋은 신을 보내면 올까
여행 길에는 옆에 앉아
귀 닳도록 경애한다며 나를 무안케 했네
당신의 시집을 다시 보네
'오월이 오면/길 끝난 자리에/길이 있네'
애도래라 4월도 오기전에 떠난 사람아
당신은 남긴 말로 우리 곁에 오네
솥 뚜껑처럼 묵직하고 따뜻한 손
어느 하세월에 또 한번 잡아보려나.

제3부

나의 자리

나의 자리 1

걸을 힘만 있으면 날마다 집을 나선다
바쁜 세상에 나는 소걸음이다
소걸음이면 어떤가
물 흐르듯 나의 자리를 찾아가는 길
빨리 가다가 넘어지느니 쉬엄쉬엄 간다
언덕을 오를 때는 멀리 보지 않고
발부리만 보며 뒷걸음질 한다
발 편한 신만 있으면 어디든 간다
꽃자리가 아니라도 잠시 쉴참에는
스쳐가는 여인의 미소를 만나며
한 모금의 샘물을 마시고
산간의 풍경소리도 듣는다
희망을 줄이며
조각보처럼 옷을 기워 입어도
남들이 앉지 않는 젖은 의자라도
낮은 자리라도 크게 보일 때
그 자리가 나의 자리인가 싶다.

나의 자리 2

어디 가 앉아도 어색하지 않은 나이
어디서나 소박하게 웃을 줄 아는 나이

마음 속 소를 매고
쉬엄쉬엄 들길을 걸으며 풀꽃 향기를 맡고

어디라도 제 고향인 듯
나무그늘에 땀들이며 쉬는 자리

백팔 고개 굽이굽이 돌아서
내 앉은 자리가 스스로 빛을 내는 별이 되는 날.

낮은 담장

낮은 담장에 싸리문 달고 봉당에 우물 파고
수탉 소리도 들리는 마을
감나무 가지도 장미꽃도 담 넘어오는 낮은 담장

마루 끝에 앉아 담장 너머로
남의 집 지붕 위에 파란 하늘을 빌려 본다
마당 가에 옥수 흐르는 도랑 물소리

온돌방에 배 깔고 책을 읽다가 잠든
다음 날 아침에 장독대에 쌓인 눈이 처마 밑을 받친다
마당에 눈사람 만들고 도토리 주워 눈 속에 묻는다

언젠간 이런 집에 살고지고
그림을 그려 본다.

누나 분꽃 별

누나와 같이 보던 분꽃
저녁에 피었다가 아침에 지는 꽃

분꽃이 피고 성글게 별이 뜰 때
분꽃 닮은 우리 누나 일터로 간다

꽃밭에는 밤 사이 이슬이 내리고
누나는 일터에서 별처럼 잠을 못 이룬다

분꽃이 지며 별들이 하나 둘 잠들 무렵
분꽃 닮은 우리 누나 고개 숙여 집으로 온다.

떠돌이 강아지

오요요 오요요
강아지야 강아지야
헐벗은 등허리 아린 바람에
까칠한 살갗이 무슨 죄인가

의지할 곳을 찾아
남의 집 문전에서
문전으로 해가 저무는
발바닥이 짜디짠 떠돌이 비렁뱅이

젖 떨어진 저 강아지
떠돌다 떠돌다 허기져
물배라도 채울까
우물가 물 항아리에 제 얼굴을 비쳐 보네.

막다른 길에서

험한 산 길을 가다가 숨이 찰 때는
너럭바위에 앉아 쉬기도 하다가
막다른 길에서 길을 열어주는 의지목
벼랑에서 구원의 손이 되어
수명을 다하는 나무를 보며
나도 그처럼 의지목이 되어
제자에게 친구에게 자녀에게
소박하게 웃을 줄 알아야겠다
당산나무보다 신앙을 실감하는 나무
그 앞에서는 결단해야 한다
막다른 벼랑길을 오르려 하는 자는
세속의 오만을 버려야 한다
돌아갈 길을 바로 오르게 하는 나무
의지목은 겸허한 이에게만 손을 내밀며
막다른 벼랑에서 오래오래 뿌리를 내리고 산다

바보새

긴 날개 늘어뜨리고 뒤뚱뒤뚱
서툰 날갯짓하며
아직은 날지 않는다

아이들이 돌을 던져도 도망 다니는
천지에 소문난 바보라고 비웃지만
나는 시늉도 또 울지도 않고
희망의 날개를 펴 날 때를 기다린다

그리하여 마침내 폭풍이 밀려오는 날
모든 새들이 숨는 그 때
바보새는 숨지 않고 절벽에 서서
삼 미터의 긴 날개를 펴 펄럭거린다

이윽고 하늘을 믿고
거센 바람에 몸을 맡겨 하늘을 날면
날개가 하늘을 덮고
그림자가 바다를 덮는다

세상에서 가장 높게
멀리 날으는 새
그의 진짜 이름은 '알바트로스'
동양의 신화 '하늘을 믿는 노인'

박목월 선생님

햇볕 좋은 창가에 앉아서
검은 책보에 강의 노트를 싸가지고 다니시던
박목월 선생님을 생각한다
나그네와 달과 구름의 노래로부터
들려 주신 커튼 이야기
막내 방에 친 커튼을 기대하면서
골목 안에 들어섰다
우리 집 창문이 보이는데 커튼이 안 보인다
막내 신규의 응석을 받아
애써 모은 돈으로
공부방에 커튼을 꾸며 주려 했는데
아내는 엉뚱하게 새 이불을 꾸몄다
마른 침을 삼키며 쓴 말을 했다
그리고 그 일을 잊어버린 어느 날
막내의 방 창문이 석양을 받아
화려하게 꽃을 피웠다
아내는 여러 개의 헝겊을 모아
조각보 커튼을 쳤다, 콧등이 시큰했다.
나보다 더 나를 알아주시던 선생님.

벌초

살아실 제 손 한 번 잡아드릴 일이지
어버이를 여의고 비로소
묘소에 손질하며 회한의 잔을 올린다

아버지 따라 배운 대로
양속을 따라 벌초를 한다
살아실 제 못한 효도의 끝자락에

망초풀 베어낼 때 애잔한 뻐꾸기 소리
억새풀 도려낼 때 매미 소리 여물어
나도 따라 울거나

잡풀 없이 고운 황금빛 잔디밭에
밤에는 달과 별이 비치는
영원한 안식의 집에 언젠가 나도 갈꺼나.

비 내리는 날

내 시골 살 때
비 내리는 날은
십 리 밖에 사는 친구가
지우산을 쓰고 왔지
감자 찌고 옥수수 쪄서
바가지에 내놓으면
감자를 왕소금에 찍어 잘도 먹었지
초가을엔 풋콩 다발을 들려주고
늦가을엔 수수목을 잘라 주면
그런 재미로
비 내리는 날은
십리 밖에서 친구가 찾아왔다
그래 논밭이 고마운 줄 알았다
비가 내리면
갈라진 고논에 논물이 고여 좋았다
비가 내리는 날은 추억 속으로 걸어간다.

산의 품에 안기어

눈 뜨면 코 앞에 다가오는 산
쉬며 놀며 가는 산길에
산나리꽃 방울꽃 병아리꽃에도
나비가 앉아 웃는다
나를 따라 산이 웃는다

아무도 발길 없는 외진 숲 속에
집보다 좋은 여기는 지붕 없는 서재
만 권의 서책에 담고도 남을
저들의 속삭임에 옷깃을 여민다

나무나무 잎잎마다 명찰을 달아
그 이름 부르는데 해가 저문다

산이 깊어 길을 잃을 때
산토끼 발자취가 길을 내준다
마침내 돌아가야 할 내 본향
산이 내 마음 안에 들어와 산다.

산이 내게 와

산이 내게 와서 산에서 살라 하네
구름은 흘러가 다시 오지 않아도
언제나 이곳에서 기다리니
맨몸으로 오라고 하네

집에서 하루 살면
산에서 한 달을 살고
집에서 한 달을 살면
산에서 일 년을 살라 하네

높은 산을 멀리 바라보며
낮은 산을 높게 보고
평준한 능선을
마음에 그려보네.

석양의 노래

어머니는 밭일에 쉴 날이 없고
아버지는 늙었으니
딸 많은 집에 외아들이라
아버지 논일을 도우라 하시니

장난감 같은 지게에
등 빠지게 볏단을 나르는데
해는 길기만 하다

포근하게 눈이 내리듯
드디어 산 그늘이 온 들판을 덮으면
빈 지게 지고 소를 몰고
집으로 돌아오는 길

워낭소리는 산들바람이 된다
석양의 노래가 된다
개울을 건너는데 마침
머슴새가 쭛쭛쭛쭛 소를 몰고 간다.

심심한 날은

가고파도 갈 곳 없는
혼자이기 심심한 날은—

목탁 치는 딱따구리 소리 벗삼아
적막한 산길을 걸어서

개나리꽃 노란 햇볕 내리는
툇마루 밑에 스님의 흰 고무신 보고

고요를 더하는 풍경소리
들으려 절에 간다

바람 벗삼아 심심치 않은 풍경처럼
평생토록 놀감 하나 있었으면 좋겠다

강아지 제집 찾듯 손자가 왔다.

염소의 초상

"형님 이거 형님 돌 "
주머니에서 꺼내
염소 문양의 작은 돌을 내게 건넨다
염소의 초상이다
그리고 형보다 먼저
하늘로 떠나간 변세화 시인
피붙이 같다던 돌들
이승에 두고 어찌 떠났을까
돈 가진 사람 돈 가지고 살라하고
우리는 돌 가지고 살자하며
허구 많은 날 탐석을 다녔지
별나라에 가서도
돌 가지고 산다 할까
된다면
내 가진 염소의 초상이라도 보내드릴까

계양산 추억

추석날 사촌과 성묘를 하고
계양산을 오르다가 갈증이 나서
되짚어 내려오는 길에
남의 과수원을 만나 몰래 따 먹은 배
살아가면서 갈증이 날 때
그 맛을 칠십 년 긴 세월에도 잊지 못한다
그 값이 지금은 얼마일까
이제 와 갚으려 해도
그 과수원도 주인도 간 곳이 없다
고향에 빚진 일 이 뿐이랴만
용서를 빌지 못하고

오늘도 서달산에 오르니
멀리 계양산이 안개 속에 아슴프레하다.

고마운 날

여보 파란 하늘 좀 봐요
저 꽃 좀 봐
여보 산이 웃고 있어요
터놓고 마음을 나누며

어린 시절 보았던 꽃 이름도
서로 맞춰가며
경포대 호숫가를 거닐 때

호수에 수퍼문이 떴다 달이 둘이다
오늘이 마침 그날이라니
해가 지면 달이 뜨는 천체 운행이
새삼 고마운 날.

귀룽나무 그늘에서

누님 댁 마당 가에 섰던 귀룽나무
귀룽나무꽃에서는
내 어릴 적 업어주시던 누님 냄새가 난다

그 그늘에서 뛰놀던 때
쌀밥에 김을 얹어 주시던 누님
꽃나이에 시집가서 청상이 되어

평생 질경이처럼 밟히며
두더지처럼 땅만 파며
소처럼 순하게 살다가

인생의 석양에 의지할 곳 없이
조랑말 타고 오신 낭군을 따라 가는 길
마지막 꽃 단장에 좋은 데로 가시었다

속세의 누더기 벗고 돌아가는 길
천명을 어떡해
나는 눈물도 나지 않았다
꽃이 쏟아지는 귀룽나무 그늘에서 생각난다.

꽃 한 줌

시장 골목에서 꾸부리고 앉아
봉숭아꽃을 파는 할머니에게
꽃 한 줌 사가지고
술아줌마 집을 찾아간다
막걸리 잔에 꽃잎 띄워 마시니
가슴에 꽃이 피어 달아오른다
술의 따뜻함에
꽃의 어여쁨이 돋보인다
안분이 따로 없음에
마음이 새털처럼 가벼워진다.

꿈꾸는 섬

꿈이 섬이 되는 꿈꾸는 섬
꽃 속에 섬이 들어앉았다
아련한 물안개
꽃잎에 가리우는 섬
마음 깊은 곳에 그리며

희고 긴 구름다리를 건너면
이니스프리의호도 또는 샹그리라
어둠 속에도 지워지지 않고
침몰하지 않고
인적을 막는 성벽처럼 바다에 떠 있다

외딴 섬에 오두막을 짓고
맨살에 태왁 멘 잠녀 같은 아내와
다랑밭에 고사리 곰취 참나물 뜯고
섬자락에 바지락 캐고 소라 따며

내 것만 가지고도 알뜰하게 사는 섬
새벽 고깃배에 샘물을 실어주며
만선으로 돌아오는 밤 뱃길에 불을 밝힌다
언제나 떠날 준비를 하고 기다리는 배 한 척 두고.

와불도 거북바위도

누워서도 말하고 바위라도 말을 하는
와불도 거북바위도 답답해 일어서리라

풀잎처럼 부드러운 혀를 가진 민초들이
강철 같은 의지로 굴레를 벗으려 한다

무엇보다 더러운 세력들이
물을 흐리는 미꾸라지들이
잡돌을 옥이라 하며
뱀의 혀로 사이비 나발을 불지만

채찍을 맞아도 곧게 일어서는
뜨거운 가슴들이 횃불을 들고
밑돌을 뽑아 장성을 무너뜨린다

얼었던 강물이 풀리며
원한 맺힌 역사의 매듭도 풀리리라

침묵하는 진실은 불의를 낳노니
이제는 두 손 모으고 기도할 때는 지났다
두 손 불끈 쥐고 쥐불처럼 일어설 때다

용의 눈

월악산 송계에서 온 돌
용의 눈에 물을 부으면 옥로처럼 고인다
손이 따스한 땅꾼과 시인 변세화와
옥수 흐르는 송계 개울에서
중타리 틈바구 꺽정이 살이치기
배때기 따서 깻잎에 마늘 얹어
바람도 안주 삼아 소주를 마셨다
맨살의 물소리에 무릉가를 흥얼거리며
'이니스프리의 호도'를 그리던
시인 변세화
돈 가진 이 돈 갖고 살고
돌 가진 이 돌 갖고 산다며
달 넘어가고 해 뜰 때까지
우리는 죽이 맞아 이야기 꽃을 피웠다
지금은 잃어버린 월악산
용의 눈에 옥로 고이며
옛날이 그리워 내 눈이 새삼 붉어진다.

우물가

자줏빛 치마에 개나리 저고리 순이가
볕 좋은 바위에 앉아 버들피리 불면
동네 나무꾼 총각들 가슴이 벌렁벌렁
행여나 진달래약탈 당할까
연달래 진달래 난달래들
물 긷는 우물가를 서성거린다.

웃으며 산다

어디 가고파도 길동무 만날 수 없는
석양의 나그네가 되어
가을갈이 끝낸 외양간의 소처럼
지난 날을 되새김질한다

아무것도 가질 것 없어
마음을 달래며
서가에서 묵은 화집을 꺼내어
석양빛이 찬란한 그림을 찾아본다

카톡!
증손자가 태어났다고
날아간 새가 사진을 보내왔다
난향 같은 미소를 보내온 사진
때때로 보내오는 또 한 송이의 꽃
인찬이 사진 보는 재미로 웃으며 산다

제비꽃

키를 낮추고 꽃을 본다
키가 작아 납작 엎드린
간들간들 제비꽃
가는 뿌리 길게 늘이고
샘물 가에 홀로 피어
수줍어서 외롭다는 말도 없이
하도나 심심하여
제 얼굴을 비쳐 보네.

제주의 양반집

옥호가 좋아 찾아간 양반집
손님 맞이하는 품이 융성하다

방 윗목에 장고가 금방 둥당 소리를 낼 듯
곁에 온 여인은 허리 가는
눈매가 예쁜 자청비의 후예다

안주를 권하며
자청비 노래가락을 명주실로 뽑는다

"서천꽃밭 말잿딸을 만나고 와서
거기 가 삼 년을 살면
내게서랑 석 달을 살고
거기가 석 달을 살면
내게서랑 삼 일만 사십시오…"

황홀한 노랫가락이 살 맛을 낸다
한라산의 눈꽃으로 피어난다

찾아오는 주객마다 사대부 대접이라
한라산 등반 후에

즈믄 해의 잠을 깨어

바위가 깨져서 불상으로 태어난 돌과의 인연

이름 지을 돌 찾아
시를 쓰듯이
오랜 세월 강뻘을 헤매었다

탁류가 강가의 돌밭을 쓸고 간 다음
만난 돌과의 조우

깊은 산속 바위를 깨고
즈믄 해의 잠을 깨어 또
천 년을 강으로 굴러서 부처님으로 태어난 돌

자연이 만든 부처님이
어쩌면 나와 만나는가
나에게 부처님처럼 살라 하는가

불심을 길어오는 부처님의 선물이라
연꽃 위에 올려놓고
흘러온 강을 따라 더듬어 간다.

지금

가지 않은 곳 없이 일과 산을 찾아 다녔다
하루 종일 발 밑에서 고생한 신이 고맙다
집 밖에 나서니 지팡이가 아쉽다
탈것에 올라 앉을 자리를 찾는다
세월이 가르쳐 주는 것
마음은 세월을 비켜갈 수 있기에
아직 살지 않은 날들을 생각하며
나는 지금 행복하다.

초임지

가슴에 꿈이 부풀고
얼굴에 진달래꽃 피는 스무 살 병아리 선생
젖니 갈고 새 이가 나듯
사회에 첫발을 내디딘 초임지 시절

평생에 제일 재미있는 이야기
아이들과 뒷동산에 올라 풀꽃을 보고
개울에 나가 이를 닦았다
어항에 피라미 잡아 어죽을 끓였다
앵두나무 울타리 집 처녀와
마주치면 얼굴을 붉혔다

시인이 되겠다고
밤에는 호롱불 밑에서 책을 읽었다
세월이 흘러 사오십 년 지나며
풍금 치던 손마디가 굵어진 지금도
그때 일기장에 쓴 글이 좋다.

푸르른 시절

멀리는 높은 산
가까운 데 낮은 산
푸르른 시절

겁 없이 오르던 높은 산으로부터
세월 따라 낮은 산으로 내려와
뒷동산 둘레길을 오르내린다

바로 오르던 높은 산길은
지난 세월에 미련없이
청춘에게 돌리고

가파른 길을 돌아돌아 쉬엄쉬엄 오른다
저기 저 산은 지금도 그냥 그대로
낮은 산도 좋은 줄 이제야 안다

할머니의 옛이야기

할머니 무릎에 누워
별 보며 들은 옛이야기
옛날옛적에 견우와 직녀 의좋게 살다가
하늘에 올라가 별이 되었다
은하수가 돌아오지 않는 강이 되어
헤어져 살면서 삼백예순 날을
만날 날을 고대하며
직녀는 견우의 옷감을 짜고
견우는 직녀의 짚신을 삼았다
마음씨 고운 까막 까치들이 보기에 안쓰러워
칠석날 은하수에 오작교를 놓았더란다
머리털이 벗겨지도록 모세의 기적을 낳았지
그것이 고마워 견우와 직녀는 눈물이 나서
칠석날은 비가 되어 내린다더라.

홍련암

아득한 절벽에 연 걸린 듯 홍련암
의상 대사 오신 길에 하얀 해당화가
홍련인 듯 고웁다
숨 고르며 홍련암에 올라 보니
바다가 마루 밑에서 북을 치고
추녀에 매달린 풍경 소리에
아기중이 섬돌에 앉아 병아리처럼 조을고 있다.

갈월리 노래

아이 마음에 아스라한 산을 넘어
구름 위에 누워 본다
구름이 비 되어 내릴 때
아주 정든 갈월리에 내리리
나는 내려서 보리라
초가지붕처럼 순후한 인심과
진달래꽃 피는 뒷동산
고논에는 파란 물결이 일고
봇도랑 위를 높이 나는 물총새
밤길에는 달도 따라왔더라
갈월리 살 때 하늘은 샘물 같았지.

명동골 이야기

다방 문예살롱으로 갈채로
6.25 전쟁 어둠 속에서
커피맛과 음악에 주렸던 문화인들이
다방으로 음악실로 모여들면서
인정과 낭만이 솔솔 감돌았다
동리는 주호회를 만들고
박용구는 계룡산을 쓰고
박인환은 세월이 가면을 쓰고
오상순은 청동다방에서 온종일 담배를 피웠다
그러면서 문화창조에 열정을 다했다
문화의 요람 명동에서
우리들은 제 2 세대의 꿈을 꾸었다
되잖은 사상 설익은 논리로
기염을 토하며 펜을 다듬었다
천진난만성에 축축하고 끈끈한
촌티를 못 벗고 골목을 누볐다
고상한 클래식 음악도 들었다
그리고 60 년이 지난 지금
그때 다방과 사람들은 없지만
우리들은 모여 명동회 깃발을 날리고 있다

감자꽃 노래

어머니 아버지를 모신 동산을 찾아갑니다
사진을 집에 걸어두고
언제나 만나고 싶은 부모님 묘소를 찾아갑니다
빈 손이 부끄러워
생전에 좋아하시던 감자꽃을 따다 드립니다
배고프면 허기를 달래주던 감자
감자꽃은 어느덧 나의 노래가 되었습니다
마른 잔디에 불지른 묘소에
불길처럼 또 풀이 무성합니다
뻐꾸기가 뻐꾹뻐꾹 웁니다
안개 속에서 웁니다
안개 속에서 나는 길이 안 보입니다
땅 속에는 문도 길도 없습니다
해도 뜨지 않습니다
한 줌의 바람도 없는데
해 저물 때까지 산소의 잡초를 뽑다가
저녁 이슬에 바지가랑이가 젖습니다
먹물 같은 마른 침을 삼킵니다.

강아지도 봄맞이 간다

노란 산수유꽃이 눈을 뜨면
빈 김치항아리를 우물가에 내놓고
냇가엔 살진 버들강아지
오요요 강아지도 봄맞이 간다

검은 바위 이끼도 연두색 옷을 입고
낯익은 길목엔 제비꽃이 피었다
누나는 툇마루에 앉아 버들피리를 불고
형들은 구성지게 휘파람을 불었다.

걷기 좋아서

친구 집 마당에 눈이 수북이 쌓였고
주인은 보이지 않았다
나 다녀간다고 눈 위에 쓴다
걷기 좋아서 발걸음 했는데
잣나무에 얽어놓은 정자에
마주 앉았던 자리만 보고 돌아선다
꽃 필 때 다시 오거든
길 마중 나오기 바라오
나 세상에 다녀간다고 하는 말은
어디에 써놓을까.

계양산에 간다

산이 거기 있어 고향이 보인다
저기 저 엷은 보랏빛 산 아래
넓은 들 가운데 마을 갈월리
계양산이 가까이 오는 날은
고향 친구들 이름이 또렷이 떠오른다

울타리 안에 떨어진 홍시를 줍던
정든 장독대 언저리에
누나의 예쁜 마음을 심어 놓은 꽃밭
남향받이 우리집은 아버지가 손수 지은 집

여름 밤 마당에 멍석을 깔고
서울보다 열 배는 크고 빛나는 별을 보며
백 배 많은 별들을 헤아렸다

탈 것 없던 삼십 리를 걸어서
지워진 옛 흔적을 찾아
마음에 그림을 그리며 계양산 보러 간다

고故 변세화 시인을 추모하며

흔들리는 이승의 숙소에서
영원히 평안한 나라로

그대 갔다 하지만
구름으로 떴다가 비 되어 다시 오게

그대와 나 오랜 친분
앙금이 되어 내 마음에 있네

그대 간 자리
추억의 풀밭에 이슬이 영근다

부신 햇살에 지는 꽃밭에서
마음 놓고 운다.

곡성 나들이

마을 둘레가 모두 산이라 곡성谷城이다
저기 지리산의 아련한 보랏빛
능선에 황혼이 지면
서울서는 못 보는 화등잔 만한 별들이
밤하늘에서 대바구니에 쓸어담을 만하다

곳곳이 절터인데
가옥마다 문전옥답을 가꾸며
사는 재미에 단맛을 낸다
오신 손님들에게 수박 만한 멜론 백 개를
나누어 주는 살갑고 후한
인심이 봄볕처럼 따사하다

명산은 인재를 낳으니
향촌의 작가 이 재백이 여기 살더라
곳곳에 돌에 명문을 새겨 세우고
마을을 명소로 만들며 살더라.

가기만 한다면

가기만 한다면 서두를 것 없네
황소는 느릿느릿 걸어도
하루 논 댓 마지기를 간다네
꽃이 피고 지는 동안
아이는 배울 것을 배우며
어른이 된다지
그래 서두를 것 없네
인생은 산을 오르듯
거북이 걸음을 하세
뒤 쳐진 사람이 앞서기도 하고
앞서던 사람이 뒤쳐지기도 하지 안는가.
가면서 다시 오겠다 하며
사 계절을 돌아오면 나이 한 살을 더한다.

국립서울현충원에서

책 놓고 고요한 마음에
국립서울현충원에 가면
해와 달이 지켜주는 포근한 땅에
대한민국 근현대사의 별들이 남긴
아름다운 말씀이 있다.
"오직 한 길 우리 말 글 키우시니…
우리가 만들어서 우리가 쓰자…
조국의 얼을 교향악으로 창조하시니…
말씀 한 마디 노래 한 가락…"
주시경 조만식 안익태 이은상
이분들의 묘비명이다
그 실행으로 나라를 빛내시고
그래도 못한 일 애국이라 하시다

그 자리에 놓인대로

강가에서 주워 온 산수경석을
좌대 해 놓았더니
한 친구가 몰라라 하며 한사코 가져갔다
투박하게 말해서
나는 그를 산도적이라 했다
그리고 서운함도 잠시
체념하고 생각해 보니'
본래의 주인은 먼 산의 어느 바위였던 것을
내가 도적인 줄은 몰랐다

한때 돌 줍기를 좋아하여
강가에 돌밭을 헤매었거니
좌대에 올려놓고 좋아했다마는
제자리에서 제일 빛나던 것
이제 다시 제자리에 되돌려 놓으려 해도
마음 같지 않아 무릎에 근력이 모자란다.

그 자리에

낮은 자리
그 자리에 나를 두고 산다

밤 하늘엔 별들이
강가에는 예쁜 돌들이 있다

귀신이 보이는 나이에
옛날
내가 살던 마을에 갔다
그 자리에

단풍 물든 산에 열매
밭에는 노랗게 속이 찬 배추
누루 익은 볏논 모두
내것이 아니라도 배가 부르다.

금수산 도토리의 꿈

시골 소년이 시인의 꿈을 안고
미당과 목월의 댁을 드나들었다
빈 손이 허전하여
풋콩대 몇 다발과 사과 몇 알을 들고
습작품을 놓고 오고 놓고 오고는
거위의 꿈을 꾸었다.

절대로가 아니라 될 수 있는 대로
남의 눈치 보느라 오그라들지 말고
단양 금수산 자락에
갈잎 속 도토리처럼
한겨울 움막에서 추위를 견디며
미당未堂 같은 싹이 나기를 기다렸다

나도 하고 싶은 말

"임금님 귀는 당나귀 귀"
벙어리 냉가슴을
겨우 자서전에 써 넣었다
"어떤 장사가 자식 이기는 장사 있더냐
그것도 첫 놈 낳고
17년 만에 본 자식이고 보면
앞날이 구만 리 같은 아이를
데모했다고 군대 보내고
제대하니 나라 밖엔 못 나간다 하니
권력자 편들어 몇 마디 말만 해 주면
자식 풀어준다 해서 들어준 것을 가지고
평생 쌓은 공든 탑 깡그리 쓸어버리고
달걀 세례 퍼붓다니
저도 권력자 앞에 밥 빌어먹으며
알랑방구 뀌는 것들이…"
나도 하고 싶은 말
이제 할 수 있다
성탄 전야
오늘은 그 스승의 17주기 기일이다.

너는 누구냐

너는 누구냐
무엇이 되었느냐
거울 앞에서 좋은 말로
'너는 늙어 보았냐 나는 젊어 보았다'
자문하며 되돌아본다
아버지의 쟁기 뒤를 따라다니던
아이는 논둑에 앉아 푸른 산 너머를 바라보았다
맨발에 고무신을 신다가 구두를 신기까지
걸어온 길이 아득하다
호미자루 놓고 푸른 산을 넘어
달 가고 해가 지고 교단 사십 년
문필 오십 년 시詩에 이름을 짓고
석양의 언덕에서 바라는 것은
우물보다 가만하게
이슬처럼 가벼이 날개를 모으고
풀잎에 잠드는 나비가 되어지라.

눈밭에 그린 새

바위 밑에 움츠린 개구리 겨울잠 깨고
눈 밭에 그린 새가 어느덧 날아가면
봄비에 새잎이 돋아난다

뒤란에 작약 촉이
애기 고추처럼 발그레
언 땅을 배시시 비집고 나온다
담 밑에는 노란 병아리 졸고 있다

농부는 농기구를 꺼내 손질하고
봄 논갈이를 준비한다
볍씨도 고르고 삽 들고 들로 나가
터진 논둑 손질한다.

달 맞으러

눈밭에 그린 새 날아간 뒤
그 자리에 새싹이 돋아난다
바람과 서리 번갈아 몇 해인가
가다 못하면 쉬어 간다 하니
느린 걸음에 높은 산은 못 오른다
걷기 좋은 평평한 길 찾아
경포호수 한 둘레 걷고 나서
쪽배에 몸을 싣고 달 맞으러 간다.

도자기와 좌대에 놓은 돌

돌이 모래에 갈리고 물에 씻기고
저희들끼리 비벼대며
긴 여행에 모양을 내듯이
아끼고 예뻐하는 마음을 담아
돌이 정물화처럼 보이도록
좌대에 앉힌다
그 돌처럼 말을 골라서
오롯이 마음이 배도록 시를 쓴다

생각이 말을 만들고
말이 생각을 다양하게 바꾼다
도공이 열 아흐레 동안
잠자지 않고 불을 때고
가마가 불덩어리가 되었을 때
환원還元을 일으켜
비색의 자기가 탄생하듯이
말과 생각이 표현의 화학작용으로
불의 신비처럼 시를 이룬다.

돌 이야기

단양의 제비봉 금수산 골짜기로
금모래 은모래 강변 돌밭으로
돌 바람에 미쳐 찾아 헤매며
모아놓은 호랑이 문양석
쌍둥이 모양의 형상석 산수경석 문필봉을

산 놈들처럼 이름을 지어
보석인 양 아껴가며 손때 묻히며
돈보다 남 주기를 망서렸지만
내 욕심을 버리고
욕심내는 친구들에게 주기로 했다

모두다 나누어 주어버리고 허전하면
한적하게 번갈아 찾아다니며 보는 것이
더 새롭고 즐거울 것이다
산과 강가엔 얼마던지 돌이 있고
이 세상에 있는 것이 모두다 나의 것이려니.

돌배나 사과나

돌배나 사과나 익으면 단맛이 들지
크거나 작거나 열매라 하지

솔씨는 작은 새가 먹고
다람쥐는 잣을 먹는다

크거나 작거나 열매는 모두
길짐승과 날짐승에게 생명의 양식이 된다

나에게도 양식을 내리시는
천지조화가 참으로 신묘하구나

꽃은 나무에서 피고 나무는 흙에서 자라는
흙의 은혜를 한동안 잊고 있었다

뒷동산 거북바위

"시인이 병든 사회는 병든 사회"라는
작가 게오르규가 한 말이 꿈속에도 떠오른다
뒷동산 거북바위 설화 또한 떠오른다

뒷동산 거북바위는 일 년에 한두 번
백성들의 쌓인 소원을 등에 지고
용왕님께 가 소원을 전한단다

어떤 왕조에서 시인들이 병들고
젊은 번데기 장수들까지 망했다는
저잣거리 민심을
거북바위가 용왕님께 전하니

누워 자던 와불도 일어서며
천둥 번개 치며 강물이 뒤집히더니
왕조가 무너지더란다

비바람 먹구름이 걷히면
밝은 해가 뜬단다
장강의 탁수도 끝내는 맑아진다
왕조란 역사의 강에 뜬 조각배란다.

바람결 매화 향기

단양 강선대의 쑥대밭에서
작가 정비석은 두향의 쇠락한 무덤과
꽃다운 일화를 캐내었으니
죽순봉의 만남이다
두향이 퇴계의 배에 올라
그의 품에 안기었다
순간 배 위에 매화 향기가 진동하였다
사람이 매화인지 매화가 사람인지
퇴계 그만 취하고 말았다
여기는 속세에서 멀리 와 있는 곳
단양팔경 한 자락에
원님이거나 기생이거나
신분은 강물 따라 흘러갔다
세속의 이름일랑 버리고
선남선녀로만 배를 타고 있었다
퇴계 세상을 떠난 다음
두향은 21년 수절 끝에
강선대에서 투신하여 생을 마쳤다
그 일편단심에 감동한 퇴계 제자들
오랫동안 두향의 제사를 올렸다

그녀의 살과 뼈는 물이 되고 흙이 되었어도
강선대의 바위가 다 닳기 전에는
바람결에 두향의 매화 향기 오늘 같아라.

물을 데 없으니

해마다 이맘때면
간절한 친구 생각에
좀 이르다 싶은데도 성급하게 묻기를
매화분재에 꽃이 피었느냐 했더니
꽃향기 바람에 실어 보낼 터이니
잔에 술 딸아 놓고 기다리란다
당장 달려가고 싶다만
눈길 녹으면 술병 들고 가서
겨우내 막혔던 이야기 길 트려 했더니
그 친구 먼저 먼 길 떠나고
매화분재 안부 물을 데 없다
곧 신록이 오겠지만
어디 가고 싶어도 길동무 찾을 수 없다.

바람이 내게 와

느티나무 아래서 누군가를 기다릴 때
바람이 나에게 와 장난스런 아이처럼
내 겨드랑이를 살살 간질이며
나뭇잎에서 저도 까르르 웃는다

바람은 아무도 가둘 수 없다
눈이 없어도 발이 없어도
보이지 않게 높은 산을 넘나들고
휘파람 불며 구름을 몰고 다닌다

바람이 내 앞에서 길을 쓸어 주며
서달산 숲속으로 인도하여
달마사에 조을던 풍경을 흔들어 깨우고는
다시 만나자는 약속도 없이 나와 이별한다

바람이 심심하면

바람이 심심하면
절에 와서 풍경을 연주한다
샘물같이 맑고 새털처럼 가벼운 소리가
온종일 절 집 추녀 밑에 노닌다

저녁놀 드리우면 절 집 벽에 그린 심우도
흰 소를 타고 가는 사람도 귀소를 서두르는 듯
귀소하는 소는 워낭을 흔들어 소리를 낸다
소를 모는 농부는 개울 앞에서
노을진 하늘을 본다
심우도에는 왜 동그라미가 있을까 생각에 잠긴다.

반 잔의 술

이마를 서늘하게 식혀주는
어머니의 물수건처럼
산그늘이 논배미에 내리면
논에서 나와 호미를 씻고
또랑물에 발을 씻는다

석양 뒤를 따라 땅거미가 내리면
남은 반 잔의 술로 허기를 채우고
새우처럼 꼬부린 허리를 편다
행여 누구와 나눌까 남겨두었던
반 잔의 술이 정말 고맙다

반 잔의 술로 땀 들이며 바라보는
석양이 이 술맛처럼 안락하다

반달

반달 보니 반만 채운 어머니 밥사발이 생각난다
음력 열 하루 뜨는 반달은
새끼들 배 불리려고
반을 비운 어머니의 사발
두고 보는 고려청자에 비할소냐
내게는 더 귀한 금가지 않은 이조백자
그리운 어머니의 초상화
보름달로 가는 아득한 하늘의 길을
밤낮 마음에 새의 날개 달고 바라보는 반달

빈자리

낙엽이 지며 스산한 날
석양에 술 한 잔 생각날 때는
체전부도 가지 않는 먼 주소로
낙엽에 쓴 편지를 날려 보낸다

내 옆 빈 자리에 술잔을 놓고
그와 나누던 정담을 채워 본다
턱이 긴 얼굴이 나를 바라보며
답잔을 권하는 음성이 들리는 듯한데
손이 보이지 않는다

얼마 만큼 멀리 가 있는지
눈꽃 수놓은 꽃마차를 타고 속절없이 간 뒤에
가 있는 주소를 알 수 없다
행여 가다가 소주 몇 잔으로 갈증을 풀었는가
바라보는 저 석양 어디엔가 가 있는가.

산은

산은 인내하는 모성
아내의 가슴이
저 산 만하게 보일 때가 있다
신부처럼 얌전하게
머리에 늘 면사포를 쓰고
품 안에 목마른 생령들을 키우는 산
강아지 다섯 마리 우리 새끼들을
키우는 아내는
늙으신 시어머니 정성스레 모시기에
어느 사이 눈가에 삼삼한 눈주름
강심처럼 내색하지 않는 효심은
수련의 그늘 같은 은은한 암향
내 하루의 고단한 일과가 끝나고
찬란한 저녁빛이 마침내
두꺼운 그늘로 골짜기를 덮으면
동굴을 찾아가는 산짐승처럼
나는 그 가슴에 잠들고 싶다 .

서달산 노래

관악산 내려와 까치고개 지나서
나이든 나무들이 울창한 서달산
한강을 바라보며 현충원을 안고 있다

혼자 걷기 좋은 둘레길을
지팡이 벗삼아 걷노라면
도토리 묵을 쑤는 고향이 떠오른다

샘물 같은 새소리가 흥을 돋우는
여기는 내 마음이 쉬어가는 곳
맑은 바람이 달마사의 풍경을 흔들고 간다.

석청 따는 여인

홀로 된 뒤에
산에 기대어 사네

낭떠러지에서 떨어지는 꿈을 꾼 뒤에는
눈 앞에 산이 보이네
이 산 저 산 헤매 다니며
쉰 길 벼랑에 벌집 기미가 보이면
외줄을 타고 올라 이 귀한 석청을 딴다네

그 일을 할 때는
단번에 열흘 치 땀을 쏟으며
석청을 따면 열흘을 산다네
사는 것이 이런 거지

일에 이골이 나서 대물을 딸 때는
떠난 님을 잊기도 한다네

세연이

항상 맑게 살라시며
아버지께서 내 이름 자에
맑을 정晶자를 넣으셨다
항상 어린 마음을 잊지 말라시며
스승님께서 내 아호를
염소念少라고 하셨다

금지옥엽 손녀의 이름 지어
곱고 예쁘게 다듬으며 살라고
씻을 세洗 예쁠 연姢자 하니
이름대로 홍익대에 들어가
대학생미술공모전에 특선했다
이름에는 꿈이 실리는 것
이름의 아름다운 빛을 아껴 닦음이다

풀과 나무도 제 이름의 모양을 내고
제 이름을 부르며 노래하는 새
바라는 건 많지만
모두 제 이름 값을 하며 살아간다.

세화世和 다녀가다

'여든 여섯 드신
엄 시인 춘당께서
달력에 쓰신 것이다
世和來去'
그대가 쓴 시일세
그 동안의 세월이
개나리꽃 지고 넝쿨장미 필 동안이라니
세월을 금척으로 재며 좋은 시를 쓰더니
아직 할 말이 태산처럼 남았는데
그대 가다니
내 선친께서 하신 말씀
내가 또 하다니
금방이라도 내 어깨를 툭 치며
형님!
부를 듯
흔들리는 이승의 숙소에서
영원히 평안한 나라로 그대 갔다 하지만
구름으로 떴다가 비 되어 다시 오게
그대 간 자리
추억의 풀밭에 이슬 영글고

부신 햇살에 지는 꽃밭에서
허허 허허 마음 놓고 운다
이별은 당연한 것
당연한 것을 서러워 한다.

밑그림

호랑이가 돌 속에서 운다고
광주에서 온 엽서에 써 있었다
오래 전에 써 놓은 것이다

한 알의 씨앗으로 온 들판을 덮을 수 있다
태양 아래 향기 나는 곡식 누가 다 먹을까

바람이 나무를 흔든다고 거기 맡기랴
열매가 과하면 스스로 터는 것을
받아 주는 흙이 있어 안심한다

맷돌과 숫돌은 제 몸을 아끼지 않고
웃는 물결 속에는 웃는 돌이 있다

잡초도 범접하기 민망해 피해 간다
융단 같은 잔디밭
굽으면 어떠하랴 진초록이면 되었지
난초가 말한다
이슬이 별처럼 솔잎에 맺혔다
그림자도 예쁘단 말 정말이다

솔밭길 걷기

나뭇가지를 흔드는 바람아 잘 가거라
나도 가야지 손을 흔든다
바람처럼 모르게 세월이 간다
서서 살아온 세월이 쌓여 발이 아프다
만원 앞차를 보내고 다음 차에 앉아 가야지

나이 여든 줄에 드니
마땅히 갈 곳도 없지만
마음은 아직도 좋았던 시절의 꿈을 따르며
다시 떠나기 위해 돌아오는 집

쌓인 서책들은 그래도 못 버리는 고전이 되고
세상 돌아가는 이야기는 물릴 때가 되었다
고전을 서재에 묻어두고
모처럼 뒤따르는 아이들과
솔밭길을 걷는 날은 좋은 친구들 생각이 난다.

수레국화

채소에 밀려 밭 모서리에 소담하게 핀 노란 꽃
이름 모르고 좋아하던 노란 꽃
근친 온 새색시처럼 환하게 웃더니
어디 멀리 가서 남의 족보에 올라
보도 듣지도 못한 '루드베키아'
낯선 이름을 달고 왔다
탐석 갔던 신륵사 길
주점에서 마주하여
손등으로 눈을 문지르며 다시 보았다
어린 시절 추억이 고스란히 녹아 있는 꽃
먼 나들이 끝에 이름을 바꾸어 온 노란 수레국화
봉숭아 맨드라미 채송화 백일홍 꽃 핀
우리들의 꽃밭에 다시 와서 본 모양을 내고 있다.

수렴동

수렴동 다짐하며 화진포 잠깐 보고
용대리 하룻밤 묵고 백담사 둘러보면
수렴동 가고 오기에 하루 해가 기운다

수렴동 가자 가자 신록부터 벼르던 일
길동무를 못 찾고 단풍이 물들었다
마음의 길이 막히니 비켜갈 길 없구나

마음을 기댈 곳 없어 갈 곳을 찾아본다
달 뜨는 정자에서 술 권하던 친구
수렴동 가자던 약속 그냥 두고 간 곳 없다

시의 맛 감동.재미.멋

보리는 쥐불처럼 겨울을 산다
그들이 등걸잠을 잘 때에
은혜의 이슬은 벗은 발을 적시고
얼어붙은 가슴을 적신다
아직은 거울에 비추지 않는 봄을 모으며
보리는 순교자의 잠 속에 꿈이 된다
농부들의 가슴에 감동의 불을 지핀다.

지리산 산청에 자식 없는 아주머니가
보리밭에서 줏어 온 멧돼지 새끼를
자식처럼 키우고 있는데
산청의 자식 없는 아저씨가
자식처럼 키우는 부엉이 새끼를
저 멧돼지새끼와 바꾸자고 했더니
"안 되겠니더,어떻게 부엉이 새끼까지를
다아 안고 기른답니꺼" 하며
산청의 아주머니는 슬그머니 뺑소니를 치더랍니다.[18]

---

18) 2연 : 미당의 시 참조.

우리 아기는 필경 새론 향기
파란 바람으로 우리집에 올 것이니
뜰에 각시풀과 반지풀도 심고

개울에 옥돌과 동그란 오석알 주워
반지알로도 쓰고 목걸이도 만들며
돌과 풀과 친하며 멋지게 자라리라
비단처럼 멋있는 시도 쓰겠지.

씀바귀꽃

수숫대에 단맛 들면 씀바귀꽃이 핀다
비바람 뙤약볕에 쓴맛 들면서
스물 꽃잎 활짝 핀 성년이 된다

간난이처럼 작고 예쁜 씀바귀꽃 피면
간난이를 만나자
여뀌풀 짓이겨 또랑물에 피라미 잡고
소달구지 밑에서 소꿉놀이 하던 간난이

내외할 나이엔 까만 머리에 댕기를 들이고
물 길러 가는 길에 나를 엿보았지
목화 따러 가는 길에 눈을 맞추고
그 때 내게 하고 싶었던 말을 이제 하렴

고래등 같은 기와집에 시집가서 잘 사는지?
추억의 보리밭에 종달새도
스러져 아스라한 모습을 떠올리며
나의 생명의 환희를 느껴보려 한다.

아름다운 여운

안면도 앞 바다 파수도의 주인
안 노인은 섬 둘레의 수려한 돌과
뒷동산의 배롱나무 하나하나를 세고
섬만 보며 온 생애를 바쳐 이룬
연못의 수련꽃을 본다

연못 위에 엷은 물안개가 걷히면
해오름과 같이 이슬 화장하고
한낮의 은혜로운 햇볕 받아 꽃을 피운다

수줍어 잎 뒤에 숨었다가
해 넘어갈 때 노을처럼
다시 피는 꽃봉오리로 돌아가
예쁜 아기 잠들듯이 편안히 물 속에 가라앉는다

향기로운 생애의 여운을 물 위에 남기고
아니 온 듯 다녀가는 수련 꽃
내 살다 가는 족적도 이와 같아라

아버지

아버지는 초등학교도 다니지 않은 농사 짓는 사람이었다.
평생 흰 무명 바지 저고리만 입고 살다 가셨다.
내 전답은 손수 가꾸어야 직성이 풀렸고
그래서 회갑 나이에도 내 전답을 일구는 일은 남의 손을
빌지 않았다.

기력이 다해 농사일이 힘겹게 되었을 때는
피땀 흘려 가꾸던 전답을 팔고
하나 뿐인 아들을 따라 서울로 솔거하였다..

농사일에는 학벌이 필요하지 않았다
정직하게 부지런하게 일을 하면 그만이었다
그 점에서는 아버지는 하늘을 우러러 한 점
부끄럼이 없는 사람이었다
이런 내 아버지를 미당은 처음 보자마자
선비라고 칭하였다
눈을 감고 더듬어 모습을 그려 본다.

어머니는 호미를 씻고

황혼빛이 나뭇잎에 반짝인다
지는 꽃 향기가 그림자에 내린다
한낮을 울던 뻐꾸기 숲 속에 잠들면
늙은 달이 실눈을 뜬다
날로 멀어져 가는 향촌의 길
글렁쇠 굴리며 놀던 언덕에
달이 뜬다
비로소 어머니는 호미를 씻고
아이가 놀던 언덕길을 걸어오신다.

염소念少의 담배

마음이 가는 대로 문을 세 번 열고
나무 아래 빈 의자 찾아 앉는다
이마에 흐르는 땀을 들이며
저녁 술참에 갈한 목을 축이듯
심심초에 꽃 같은 불 피워 문다

자기를 불쏘시개 삼아 타는 연기가
헝클어진 실 풀리듯 문양을 그리며
불안과 슬픔에 마법을 걸어 잠재운다
때로는 봄의 향기를 풍긴다

나의 춘당과 미당에 이어
몸에 밴 이 노릇을 버리지 못한다
이명처럼 거스르는 소리 거두어버린
망 미수의 할아버지
놋잿떨이 장죽 두드리는 소리 아스라하다.

영월 동강에 가면

단종의 한이 서린 동강 청령포
차고 맑은 옥색 물이 자갈을 헤아릴 듯
한천어 열목어 쉬리가 억수로 어울려 논다

강가 꽃덤불 흥겨운 들꽃들의 잔치
산자락에 들어앉은 꽃마을에
부엉이 뻐꾹새 소리 들으며 엄씨들이 산다

엄홍도 할아버지가 단종의 시신을 수습한 거사로
백 년 뒤에야 다시 돌아 고향을 찾아온 엄씨들
막히면 돌아가는 강가에 선다
흘러가는 낙엽 하나 꽃잎 하나에도
마음이 간다.

우리 하늘

어릴 때는 그냥 그냥 지나쳤다.
나이 듦에 자꾸자꾸 하늘을 본다
패랭이꽃 위에 미류나무 위에
경포호수 위에 계양산 위에
하늘은 형형색색이더라
할머니 산소가 있는 하느재고개에는
노란 들국화가 하늘과 함께 살고 있었다
논두렁을 베고 누운 아버지가
익은 곡식의 향기로 그득한 하늘을 보며 웃고 있었다.
심청의 아버지는 딸을 팔아서라도
이 하늘을 보고 싶어 했더란다
그럴 만도 하지
들어가는 문도 나오는 문도 열려 있어
새들은 무시로 하늘을 난다
사과빛으로 감빛으로 대추빛으로 물드는
하늘 보며 눈이 즐거운 것을 이제 보겠다.

웃는 관악산

바라보면 저기 관악산이
검지 끝에 와서 웃는다
강감찬 장군 사당에서 언덕 너머
봉산산방에 미당 내외가 살았다

산에 가까이 살면
숨은 예쁜 풀꽃들도 잘 보이고
내가 웃으면 산도 따라 웃는다

노년의 부부가 휴식의 한때를 나란히 앉아서
"여보 관악산이 웃고 있어요"
말하는 방옥숙 여사를 향해

미당은 대불처럼 웃으며
대서쟁이를 자청하는데
관악산이 정말 웃는가 웃는가
산에 기대어 사니 웃는 것이 보인다

유년송

그 해 겨울 나는
손발이 닳도록 썰매를 타다가
흠뻑 젖은 솜바지를
마른 풀 불에 말리고 있었다
서산에 해는 지고 땅거미가 길에 깔리며
초가지붕 위로 저녁 연기가 하얗게 피어올랐다
시장기로 몸을 떨며 집에 가고 싶었다
설 지나면 얼음판에 가지 말라고
얼음이 꺼진다고 어머니가 말씀 하셨는데
젖은 옷이 걱정이었다
망설이다 망설이다 광으로 숨어들었다
쥐들이 발발 기어다녔다
귀신이라도 나올 것처럼 깜깜하고
무서워 떨고 있는데 광문이 열렸다
누나다, 누나의 손을 잡고 방에 들어갔을 때
내 언 몸을 꼭 껴안아 주시는 어머니
눈물이 내 뺨 위로 떨어졌다
어찌 이런 날이 또 있을까.

은덕

부모님 성묘 간 길에
우리 아이들이 따온 감은
할아버지가 심은 나무였다

해가 있어 달이 밝듯이
부모님이 해라면 나는 달이요
대를 이어가는 강나루의 사공

우리 아이들이 두루 잘 되고 있는 것
오늘 또 맛있는 감을 따먹는 것도
먼 앞날을 헤아린 부모님 은덕이라

이제 남은 것은

이제 남은 것은 안분安分이다
발로 오르지 못하는 산을
마음으로 오르며
꽃동산보다 화려한 석양 길에 들다
십 리를 걷고 백 리를 온 듯
혼자 술을 마시며 친구들을 생각한다
명동회 모임에 열 명이나 모였으니
얼마나 좋으냐 하며
바른 길을 걸어왔는지
좋은 일을 얼마나 했는지
아직도 즐길 일이 얼마나 있는지
분수를 알고 살아갈 일이다.

잔디밭에서

세상에 나와
마른 잔디밭에 불지르고
석양을 기다리며 재를 남긴다

달 가고 해 가면
내년 신록의 계절을 맞이하여
파란 들 잔디밭을 다시 보리라

세월은 아낙의 키에 실리는
청보리 껍질

나이를 잊고
편한 몸가짐을 바람과 서리에 실리면

귓속엔 항시
열 여덟 맑은 물살이 흐른다.

장군의 비석

조국의 밤하늘에 별이 된 전사들
비석들을 지나
채명신 장군 비석 앞에 선다.

월남전의 영웅
아들과 손자의 손잡고
애국과 충성의 표상을 본다.

장군은 늘 동작동 현충원을 바라보며
'부하들 곁에 묻히고 싶다'고 했다.
그리하여 건군 이후
방사 묘역에 안장된 첫 장성이 되었다.

월남전에서 자신을 따르던 병사들
언제나 병사들의 전공을 앞세웠다.

병사들 앞에 경건하게 별을 내려놓고
영원한 쉼터로 택한 2번 병사 묘역
병사들과 어깨를 나란히 한 작은 비석에
묘비명을 남겼다
'그대들 여기 있기에 조국이 있다'

젖니 간니

헌 이 줄께
새 이 다고

이, 이
아가가 입을 벌리면

간 이가 두 개
겨우 이 학년

깡총 깡총 건너 뛰는
징검다리 돌처럼

새 이가 나면
호두알도 딱딱 깨어 먹을래

천 강의 달

단양 제비봉을 찾아서
바위문 안으로 들어서니
'강물에 천의 달이 떴다'는
현판이 절 기둥에 걸려있다

한 스님이 제비봉 빈 산에
암자를 짓고 살며
인적 없는 장지문을 빼꼼이 밀고서
맑은 하늘에 만 리를 바라본다

계곡을 따라가면
강물 굽이마다 잠긴 달이
천 개의 연등을 달아놓은 듯
스님 혼자 보기 아깝단다

하늘인가 땅 위인가
강을 굽어보며 만상의 조화를 헤아린다
이태백이 와 보면 무릎을 치리로다
나도 바가지 차고 가서 달을 퍼올릴까.

촌티 내다

김치에 신맛이 들면
남새밭 푸른 빛에 군침이 돈다

나뭇잎 따서 피리를 불까
염소 우는 입내나 내어 볼까

조상의 솔밭 선산을 찾는 마음에
소를 모는 전설의 머슴새 소리 여전하다

울타리 너머 누룩 뜨는 냄새
인정 마른 가슴들을 훈훈하게 뎁힌다

강아지도 이팝을 먹는 좋은 시절에
아직도 쑥국을 못 잊는 것은 고향 탓이다

이들 그리워 돌아가야지
샘말밭 새갈밭으로
60년을 벼르며 촌티를 낸다

칡뫼마을

달 뜨는 갈대밭 갈아 논을 만들고
칡덩굴 걷어내고 밭을 일구어
칡뫼마을이란다

한숨진 어머니의 호미자루에
떼기밭을 늘리고
십 년도 늙어뵈는 아버지의 쟁기날에
다랑밭논을 넓히었다

새갈밭에 감자 수수 목화 심고
아랫벌논에 찰벼를 거두어
떡을 쳐서 마을잔치에 턱을 내었다

아버지가 손수 지은 초가집
물푸레나무로 울타리 친 뒤란에는
모란에 함박꽃도 피었다

고논에는 황금물결이 낫을 기다리고
도랑물에 피라미 잡는 물총새가 높이 날았다
늦은 저녁 논길을 달이 따라오더라
계양산 고갯길에 달 뜨면 찾아갈까.

칭찬

친구가 말하기를
자네 아들 딸 잘 키웠다
하기에
나를 칭찬하는 줄로 잘못 알고
부끄러워 할 적에
재차 말하기를
다 자네 부모님 덕분이라고
해서
좀 안심 되었네
'죽은 조금 자셔도
생강 씹기는 거르지 않았다'는
공자님도
생강 씹듯 칭찬하면 좋아하셨다네.

큰 누님

홀로 된 뒤에 손수 논밭일 쪼들리며
지난 해의 빚 가릴 풍년을 비는데
문설주 들이치는 비 이 밤 내내 오려나

허리띠 조르며 가마니 멍석 치고
일손을 잠시도 놓을 수 없다마는
어쩌노 하늘만 보며 살아가는 두더지

꿈 속에도 아른아른 보이는 파란 들녘
중추절엔 풋바심 해 햅쌀밥 먹겠네
온 누리 그득한 달빛 가슴 펼 날 있겠지

풀이 되어

그대 가더니
봄바람에 풀처럼 살아오네
고도처럼 외롭게 살던
생애의 남루를 벗고

눈길에서 함께 나누던 이야기
봄물소리처럼 다시 살아나고
고운 하늘 아래 제비꽃도 피었네

풀각시 두엄에 던져지듯
강을 건너서
그대 사발 산에 묻은 다음
신세 진 이 땅에
풀이 되어 산다는 것과
삶의 거름이 되는 법을 익히고 있네.

풀향기 꽃내음

멀어서 못 간다 했더니
꽃이 피고 지는 것이 하루 아침이니
풀향기 꽃내음이 좋아 청한다며 어서 오란다

마음이 발을 재촉해 매화골에 갔더니
만 권의 책을 모아
『농민문학관』이라 이름 짓고

매화꽃 그늘에 시화를 걸어 전시해
이 또한 금상첨화
나무 아래 술상을 차려 꽃잎으로 술잔을 센다

살아갈 세월이 아직 남아
고향에 묻혀서 이렇게 사는 것도 한 멋이다
먼 곳에서 온 친구들 한자리에 모여
풋살구도 맛있던 옛날이야기 꽃을 피운다

하현달 3

봉선화 물들이는 열일곱 살
새파란 나이에
하늘로 날아간 막내딸 생각에
온 밤을 하얗게 지새운 새벽 하늘에

그 애 손가락의 은반지를
설움의 깊은 우물에서 건져내어
정화수로 맑게 씻어서
하늘에 내놓았더니 은반지 가에 달무리 둘려라

한 노인의 말씀

산속 바위에 가만히 앉았다가
금방 속세로 내려온 듯한
아흔아홉 드신 노인께
"재미가 어떠시냐
몇 세일 때 제일 행복하시더냐"
여쭈었더니
"지금이다
오늘은 선물이다
맛이야 홍시맛이 아닌가
지금 사는 맛이 홍시맛이다"

앞으로 몇 해를 더 하시려나 여쭈었더니
"그야 아무러면 대순가" 하고
"낮과 밤을 가릴 뿐 시간은 모른다
심우도의 황소처럼 황모를 벗고
흰 소가 될 때"라는
노인의 백발이 흰구름처럼
유유자적 행복한 시간을 흘러가고 있었다.

화진포 노래

백담골 내려와
해를 아껴가며 화진포로 간다
이름만 불러도 노래가 나오는 화진포
호수와 바다가 하나로
눈앞에 거북섬이 광개토대왕릉이란다
호수로는 모자라
바다로 나온 대왕
전설의 진위 아랑곳없이
이름만 들어도 가슴 벅찬 고구려의 땅
파도 소리 천군만마의 함성이다
달콤한 꿈 속에 들다
광활한 대륙에 타오르는 불길인 듯
수평선에 떠오르는 태양
거북섬 뒤로 오는 만선의 고깃배
어부들 노랫소리 파도에 실려온다
그 여운 지금도 삼삼하다.

황혼에 그린다

모내고 김매고 배동기를 지나
논에 맑은 가을 바람이 불면
들판은 온통 석양빛에 빛나는 황금물결
한여름 땀 흘린 농부들의 낫을 기다린다

이 한가한 때를
누나는 마른 물꼬를 찾아 생이를 건져오고
아버지는 이웃들과 어울려 수문을 퍼서
붕어 메기들을 잡아 온다

어죽 끓는 구수한 냄새가
집안에 넘쳐 울타리를 넘어간다
초가지붕 위로 피어 오르는 하얀 연기
옛날을 더듬어 황혼에 그린다.

흙냄새 그리워

내 고향 흙냄새 그리워 길 떠난 날에
맨발로 걷기 좋은 논길을 간다
소나기 그치면 계양산에 무지개 서는 곳

장독대 언저리에 분꽃이 피면
누나는 뒤란의 우물 퍼서 밥을 짓고
개울에서 빨래 하며
물꼬에서 생이도 잡았다

어머니는 밭고랑 기다림으로 얼굴이 그을고
등 굽은 아버지 논에서 나오실 때
빈 주전자에 한산소곡주 생각

파란 들 물결치는 논두렁에서
조는 듯 들리는 뜸부기 소리 그치고
석양이 잦아들며 서산 머리에 늑대별이 뜬다

별처럼 나를 불러
눈에 삼삼한 고향
부모님 땀 흘리던 전답이 있던 곳.

흥륜사의 호랑이

탐석 차 찾아 간 맑은 강물에
짐승의 문양이 얼비쳐 꺼내 보니
돌 속에서 백호가 울고 있었다

산속에서 천만 년을 잠들었다가
몇천만 번을 굴러 갈고 닦이며
호랑이가 되어 나온 돌

연화좌 위에 모신 부처님처럼
좌대 위에 얹혀 놓고
경주 흥륜사의 호랑이라 이름 지었다

신라 사람 김현이 탑돌이에서 만난
처녀로 둔갑한 호랑이
무슨 인연으로 수천 년 흘러 나와
우리 집에서 나와 상봉하는 돌

숨바꼭질

가방에 매달린 신주머니
대롱 대롱

흔들리며 요리조리
조리요리로 숨바꼭질 하며

숨바꼭질 하며 놀며 가면
학교에 벌써 다 왔다

실내화야 숨지 말고
그만 나와라 .

수저

내 어릴 적 일이 못내 그리워
제철 망둥이 낚시질에 흠뻑 빠져 있을 때
염전 저수지에 해가 지고
귀가 길에 목로술집 사발막걸리에 취해
아차 어머니의 기일을 깜빡 잊어버리고
부랴부랴 집에 왔을 때는 자정이 넘었다

제사상에 메를 올리고
수저를 얹으니 간절한 어머니 생각
젖을 빨던 잇몸에
고추꽃처럼 하얗게 난 간니를 보시고
수저를 쥐어 주시며 또한
손수 수저가 되어 주시던

제사상에 메를 올리고 수저를 얹으니
일년에 단 한 번뿐인 이날
보이지 않는 손을 기다려
밤을 지새우며 한숨지었다 .

미당국화차

고향에 해 드린 것 없어
늘 면목 없다고 마음이 쓰이고
생애의 팔 할이 바람이었다고 하셨지만

마침내 시의 궁궐을 이루시고
고향 선운리 언덕에 영원히 누우시니
후생의 사람들이 그 둘레에
온통 국화밭을 일구고

줄을 잇는 추모의 행렬에 나도 끼어
향기 좋은 노란 국화꽃 한 줌
따다가 미당국화차라 이름 하고

차를 다려 당신의 숨결을 느껴 봅니다
세상에 어떤 화조풍월보다
어쩌면 제자로서 이런 호사 있나요
"국화 옆에서" 당신의 노래를 외워 봅니다

제4부

나의 자리 이후

5월의 희화

삼 년 내리 흉년이 들어
백성들은 끼니가 간데없는데
천지에 아카시아꽃이 지천으로 핀
5월 어느날

나랏님이 미행을 나섰는데
어느 한 집을 엿본즉
남들은 보리죽도 먹지 못하는데
이 집만은 하얀 쌀밥을 먹더란다
옳거니! 높은 세금으로 혼을 내야겠다
마음먹고 다시 가까이 가 자세히 보니
화기애애 깔깔대며
아카시아꽃을 한 사발씩 담아 먹더란다
그만 머쓱해진 나랏님은
배를 두드려 웃으며 왈
옳거니 보리나 쌀이 없으면
꽃밥을 먹으라면 되겠구나 하더란다.

강가에 나와

어느 산골 바위가 깨져서
날선 데가 모래에 갈리고 물에 씻기며
켜켜이 쌓이는 세월에 다듬질 되어
생간처럼 고웁다

살이 단단할수록 씻기는 아픔도 크리라
버릴수록 몸은 가벼워지고
옹골지게 남는 알맹이

살을 찢기고 뼈를 깎는 아픔을 견디며
흐르는 세월에 홍안이 되는 돌아
내 마음에 들어와 별이 되는 것을
강가에 나와서 본다.

겨울 나뭇가지

나무는 꽃 피는
봄을 좋아하는지?
어쩌면
겨울을 좋아할지도 몰라
할 일 다 끝내고
나뭇잎이 가지를 가리지 않고
햇볕을 흠씬 받으며
쉬는 계절.

고향의 안개

손이 따스한 어릴 때는
입 꼭 다물고 가슴앓이 하는
나는 쑥이었다

진창에 닳아버린 고무신에는
흙과 새벽 안개에 젖은 촉촉함이 있었다

풀 지게를 팽개치고
객지의 쌀쌀한 바람 속을 헤매며
힘들고 지쳐 낙망하고 넘어지려 할 때

다시 일어날 힘을 달라고 빌었다
창문에 등불이 켜지며
베갯머리에 별빛 쏟아지는 우리 집

짧고 괴로우나 아름다운 인생살이에
내 마음 속에 한시도 떠나지 않는
고무신 신고 걷고 싶은 고향의 안개.

그 전봇대 아래서

-회상 이성교 시인

미당 시인의 수제자 월천 이성교 시인은
시 윤회. 혼사. 노을 로 3회에 걸쳐 등림하여
향토적인 자연미와 토속적인 생활미
한국적인 정서를 중시한 전통주의
시정신을 지키려고 60여 년 시업을 쌓아
한국 문학사에 구원한 시의 산맥을 이루었다
" 항상 높은 산에는
흰 구름이 떠 있고
그 아래 전봇대에선
새 소식이 오고갔다"
"날마다
그리움을 안겨주는 영일만
오늘도 길게 가슴에 와 안긴다"
"작년 봄 우리 님이 산을 넘을 제
아흔아홉 굽이마다 눈물이 서렸나니
얽혔던 머리카락 눈빛에 새로워라"
하느님을 믿으시는 님의 시를 읽으며
나는 그 전봇대 아래서
월천 시인의 재림을 기다린다
미당시맥 회원들과 함께.

꽃처럼 피는 석양

석양을 꽃이라 하랴마는
꽃이 피는 것처럼 석양이 붉다

추억의 주머니에서 꺼내 보는
하얗게 바랜 사진에서 웃고 있는 나

내게 언제 이런 시절이 있었던가
긴긴 세월의 능선을 돌아온 아름다운 추억

그리고 지금의 내 모습에 감사한다
몸도 마음도 새털처럼 가벼워진 지금

꽃 무리 노을이 지고 별이 뜨면
내 잠들어 연꽃 위에 앉는 꿈꿀까.

나쁜 사람 – 곡, 변세화 시인

나쁜 사람!
형을 두고 앞서 가다니
아우도 아니네
피보다 진한 눈물을 주고 떠난 사람아

'우리 늘 손과 마음 뜨겁게 꼬옥 잡고
오래오래 자알 살아봅시다 ' 약속했건만
자네가 남기고 간 시
'세화 다녀가다 ' 눈물로 읽는다네

산속을 강변을 뒤지며
함께 돌을 찾아 헤매었거니
돌에 새긴 그대 얼굴 어디 두고
별이 되었나 나쁜 사람아 !
그대 일어나 내 얼굴 좀 보게.

내 걸음으로

신문을 읽고 나면 집을 나선다
둘레길을 걸으며 새와 다람쥐를 보고
마음에 싸인 먼지를 씻는다

걷다 보면 절이 있고
절을 둘러 걸어놓은 연등을 보며
그 많은 소원들을 생각한다

내 걸어온 길을 돌이켜 보면
쑥맥처럼 하고 싶은 말보다
남들이 듣고 싶어 하는 말을 하려고 했다

어디로 가면 사람답게 똑바로 가는 것이냐
구름은 꽃 그림 그리며 바람 따라 흘러가고
돌은 흥타령 하면서 강물 따라 굴러가는데

내 걸음은 소 걸음이다 그리고 오늘은
높은 하늘 바람이 솔솔 얼굴 간질이는
신록의 숲 속에 와 있다.

놀던 바위

바위에 물로 쓰는 글
지워지면 쓰고 또 쓰다가
끝끝내 한 소절 마음에 담아 피리를 불었다
바위도 답답해 울 때가 있을까

옛 시절 내 희망은 노래 하는 사람
그 시절 놀던 바위 이제 와 보니
같이 놀던 아이들 간 곳 없고
바위만 예와 같이 잠자고 있다

이걸 돌로 치니 종소리를 낸다
바위와 같이 천년 가는 노래를 부르고 싶다.

한라봉 천혜향

우리가 한때라도 만났던 것은
한낮의 꿈이었다

반가운 눈이 내려 창문을 열면
향나무가 선 우물가에서
주머니에 손을 넣고 하얗게 기다리던 너

무슨 나의 가시에 찔렸는지
어찌해 천혜향을 건네며
이제 끝났어요
앙금 같은 향기만 남긴 채

우리는 처음처럼 악수를 하고
서로 모르는 사람이 되어
안녕이라고 인사도 못한 채
서로 그쪽만 바라보고 있었다.

잎이 지고 피는 꽃

오뉴월 잎이 지고
말간 하늘만 내려앉은 빈 자리에
행여나 하고 돌아와 보면
그 자리에 홀로 피어 있는 꽃
이름하여 상사화라 하는가

잎은 지고 꽃만 피어
서로 만날 수 없어 그리움만 짙어지고
사랑하며 별거하는 천형의 인연
한살이가 끝나야 비로소
잎이 진 자리로 돌아가 만나는 것을.

달이 뜨더라

바지 저고리 입고 김치 된장 맛 내는 노래
우리 노래 들을 때는 달이 뜨더라
가슴 두근거리는 달
만민의 가슴을 후련하게 밝혀 주니

너 나 없이 좋아하는 노래
가슴을 훈훈하게 다독이며
우리 온갖 시름의 가지들이
나긋이 휘어지는 가락

한이 서린 너무나 밝은 소리
안개 벗은 산골짜기 물 흐르는 소리
여러 천년 잘 닦인 자갈 구르는 소리
금 은의 줄을 단 현악기 울리는 소리

그 소리가 얼마나 듣기 좋은지
어! 시원하다 한국의 미
풍월을 즐기는 내림의 소리
우리 하늘 우리 물맛에서 나오는 소리.

다섯 나무

선산에 나무를 심는다
엄동설한 얼었던 땅이 풀리는
봄의 문턱에 보슬보슬한 흙을 헤쳐
오 남매의 나무를 심는다

예쁜 꽃 맛있는 열매 좋은 씨
매화는 이른 봄의 향기를
가을에는 감 밤 대추와 송화주를
조상 앞에 제수로 올리기를 빌며

할아버지와 그 할아버지와 손자와 그 손자가
함께 있는 밤에는 별빛이 쏟아지고
낮에는 온갖 새들 날아드는
선산에 나무를 심는다.

달이어라

수리산 자락 산수화 같은 마을에서
우리는 만나 마주 보며 웃었다

또 만날 것 같은 이 사람을 우연히 만나
나는 멀리서도 보이는 꽃이라 했다

당신이 잘 있으면
나도 잘 있다고 편지를 쓴다

안부를 물을 수 있는 것 만으로도
거기 있기에 따뜻하다

그대가 웃으면 따라 웃는
나는 메아리

그대 없이 혼자서는 비칠 수 없는
나는 달이어라.

돌 안고 와

돈도 아닌 돌을 안고 와서
이름을 지어 부른다

돌 속에서 우는 흥륜사 호랑이
선덕여왕이 탑돌이 하던 탑
쑥 자시고 사람이 된 곰
실개천에서 달밤에 목욕하는 여인

마음을 담아 이름을 부르며 손때 묻히며
지나온 세월을 헤아리니 어느새 인생의 황혼

그 세월에 자연에서 얻어온 것
욕심 내는 사람들에게 모두 나누어주고
이제 가끔 찾아가 보며
빈 배낭에 추억만 지고 가리라.

빈 논의 허수아비

단풍이 어깨에 내려앉기에 보니
처서 지난 지도 오래라 가을이로구나

황금 물결 일렁이는 들판은
낫을 기다리다

농부들이 땀 흘린 보람으로
추수가 끝난 뒤

내 논에 참새들 쫓아내던 큰 머슴
허수아비는 할 일 없이 그냥 서 있다

서리 묻은 기러기 북녘에서 날아오니
주렁주렁 넝마 옷 걸친 허수아비 춥구나.

둘이 만날 때

집을 지을 때
주춧돌에 기둥을 세우듯
두 개의 것이 만날 때
하나의 모양이 울퉁불퉁 거칠어도
다른 하나의 모양이
그 거친 모양에 맞추어 감싸줄 수 있다면
그 둘의 모양은
견고한 결합을 이룰 수 있다
나와 함께하는 사람의 마음이
울퉁불퉁 거칠다 해도
내 욕망을 버리고
그 마음에 맞추어 가면
주춧돌에 맞추어 기둥을 세워
집을 짓듯이
가정의 평안은 모두 나 하기 나름.

들 향기

달밤에 나와 노는 아이들처럼
벼들이 배동한 들길을 간다

해바라기 씨가 들고
허리 가는 여인처럼 살살이꽃이 살랑댄다

꿀 먹음은 하얀 참깨꽃에서는
작은 종소리가 들릴 듯

나도 꽃이라며 느개쑥부쟁이 코를 내민다
부용꽃은 여인의 넓은 치마폭을 닮았다

보고 싶은 꽃들이 들길에 피어
향기가 내 몸에 배일 듯하다

언제나 마음에 두고 사는 고향
본마음을 찾는다.

로토루아 회갑여행

로토루아 노천온천에
저녁 연기처럼 모락모락 김이 피어 오른다

찬란한 황혼 빛이 호수에 물들어
갈매기 떼 깃을 찾아 난다

호숫가의 노천온천이 해수욕장인 것처럼
사람들은 모조리 발가벗은 채
노을을 나는 갈매기와 논다

초행인데 낯설지 않은
옛날의 우리 시골 같은
희고 긴 구름의 나라 뉴질랜드 로토루아

해가 끓는 호수 가운데 모코이아 섬에
애인을 지키려다 목이 잘린 왕자의 전설은
슬픈 연가를 남기었더라

오래된 앨범을 펼쳐 보며
온천에 김이 피어 오르듯 생각나는 회갑여행
회혼 여행에 또 한 번 가 볼까나.

명상의 조각보

세월의 깊은 강을 건너
마음 속에 명상의 우물을 판다

막힌 곳에 구태여 문을 내려고 고집하지 않는다
길은 많고 물이 흐르듯 돌아가면 되니까

어느 한 곳에 집을 갖지 않으면
김삿갓처럼 천지에 깔린 것이 내 집

밤에만 깨어 있는 분꽃을 외롭다 하랴
보랏빛 휘장에 수놓은 별들과 정담을 나눈다

돌도 종처럼 울릴 때가 있고 바위에서도 촉이 튼다.
등걸도 앉음새가 있고 돌도 아껴 주면 모양을 낸다.

음풍농월을 모르는 시인은
산천초목의 아름다움에서 멀어져 헛소리를 한다.

일기장에서

일기장을 펴고
삼사십 년 전 인사동 포장마차에서
술을 마시던 친구들과

세상 밖에 나오지 못한 시가
세월의 뒤안길 빛 바랜 종이 위에
소리 내어 웃지 못한
눈물이 되어 있었다.

웃음보다 값진 것이
눈물이라니

그 세월이 안쓰러워
꿈을 만들어 가며
액자 밖으로 나온 그림을 본다.

보길도에서 온 돌

고산[19]은 보길도에서 외로운 세월을
소나무 대나무 돌을 벗삼아 살았다

먼 옛날 그곳에서 가지고 온 돌
꽃 같은 친구 삼아 본다

기러기 날아가는 남녘 보길도에
다시 가고파도 길동무가 없다

시몽과 토우 시인이 부르는 유행가에
반주하는 해안의 돌 구르는 소리 삼삼하다

돌아오지 않는 세월 되돌아보며
새삼스레 고산의 마음을 헤아린다

---

19) 고산孤山 : 윤선도의 호

못난 돌

장마가 쓸고 간 자갈밭에서
숨은 돌 하나 안고 왔다
사람들은 그 흔한 돌이라고 말하지만

나만 보는 매력이 있다
돌도 앉음새가 있고
예쁜 데를 내민다

흙탕으로 범벅이 되어 버려진
못난 돌일지라도
내가 안고 온 자화상이라고

못난 자국 물로 닦고
손때 묻히며
갈수록 정이 드는 돌
돌에서 나를 본다

수억 년 수만 리를 닦으며 굴러 온
자연이 작업한 모습을 보며
땅의 조용한 부름이 있을 때도 안고 가리.
돌은 영원이라는 또 다른 이름.

배롱나무꽃

언제 꽃이 피려나
나무에게 묻지 않는다
기다리면 피기에
언제 오시려나 물을 곳 없는 벗이여

꽃이 피면 오시려나
꽃이 펴도 안 오신다
잎이 피면 오시려나
잎이 펴도 안 오신다

청개구리 운다
비가 오시려나
벗이 오시려나
그대 간 자리에 배롱나무꽃이 피었다.

뱃놀이

꽃 피는 피안으로 바다가 부른다
피 끓고 살 내음 향기로울 때
익은 과일 한 배 싣고 술도 싣고
바다에 배를 띄워 하늘도 구름도 나가서 보자
그래 별유천지에 집을 짓자

우리 한 배를 타고 노 저어 가자
바다에 해가 지고 달이 뜬다
밤바다에 떼로 몰린 오징어잡이
내 것이로다 우리의 바다에 집을 짓고
신방을 꾸며 촛불을 밝힐꺼나.

봉숭아 물들이다

침대에서 떨어지는 꿈을 꾸었다
통풍이 도지듯 때없이 잠 깨우는 누이
손톱 아직 붉은 나이에
어머니의 꽃밭에 불지르고
다시는 거울에 비추지 않는 얼굴
부엉이 목쉰 소리로 울고
굴뚝 밑 고드름 달리는 밤에
어둠 속으로 날아간 도요새
잊을 만하면 도지는 상처
유리창 너머에 비치는 지난날의 꽃밭
고드름 초장 같은 생활에도
봄에는 누이 이름으로 꽃씨를 뿌리고
봉숭아 필 때를 기다려 손톱에 물들인다
고운 손을 부끄럽게 여기다가
바람이 비질하는 언 하늘에
누이의 손톱 같은 하현달이 떴다.

석양 길에

푸르른 시절 높은 산을 오르내리다가
인생의 석양에 들어
먼 산을 바라보니 제 모습이 보인다

마의태자 지팡이가 은행나무 되었다더라
화살처럼 떠나 보낸 자녀들이
저마다 터를 잡아 손자도 보여 주니
이 또한 석양에 피는 꽃이라

노년에도 희망을 놓지 않는 것은
단풍 지고도 겨울 나면 새잎이 나기 때문

난을 치고 매화를 즐기는 것을
음풍농월이라 허물 하랴
춘설 내리는 날 매화꽃 보며
찻잔에 우전차를 딸아 맛과 향을 즐긴다.

석양에 피는 꽃

잎이 진 다음 소슬한 가을 바람에
꽃이 피는 상사화처럼
당신이 떠난 다음
30년이 지나 이제야 꽃을 피웠소

순창 산 어귀에서 당신 앞에
명창이 되겠다고 뼈에 새긴 맹세
비로소 명창에게 쥐어주는 큰 상을 받았소

물소리 풀향기 흙냄새를 벗삼고
흥부가 심청가 수궁가 적벽가
판소리 하구만 살았구려

팔순 넘겨 적벽가를 완창하니
정녕 적벽강에 와 있는 듯
늦게 터진 소리
인자 소리맛 좀 알겠소.

세 친구

내 살아온 길에 여름에 더위를 식혀주고
겨울에 추위를 달래주던 바위옷 같은 친구들이 있어 행복하였다

맨살의 물소리에 무릉가를 흥얼거리며
"이니스프리의 호도"를 그리던 변세화 시인
돌에서 생명을 보고 돌과 대화를 나누며
돈 가진 사람 돈 가지고 살라 하고
우리는 돌 가지고 살자 하며
날씨 안 가리고 허구헌 날 탐석을 다녔지
피붙이 같은 돌 별나라까지 가지고 갈건가
그대 보내고 부신 햇살 지는 꽃밭에서 마음 놓고 운다.

동인이니까 앞서거나 뒤쳐지지 말고
세상 떠날 때도 나란히 가자고 하더니
그리움만 남기고 벼락치듯 혼자 가는가
우리 모두에게 남원의 봄이던 박종수 시인
봄이 오기도 전에 겨울 찬바람 속에 혼자 가는가
그대 있어 남원에는 겨울에도 웃음꽃이 피었지
그대 떠나는 길에 지팡이라도 놓아 드릴까
"쑥대머리" 가락을 이제 어디 가서 들을꼬.

살기를 그만두기로 울기도 많이 했다며
남산 깡통이 휘파람 부는 소리에 마음을 바꾸어
시를 쓰기로 했다는 진의하 시인
5월에 끝날 것 같던 자리에서 새 길이 보였다고
등산할 때나 술자리를 함께 할 때
낮게 앉아 큰 소리로 좌중을 웃기던 사람아
외로울 땐 날 부르라고 하더니
솥뚜껑처럼 묵직하고 따뜻한 손
어느 세월에 또 한번 잡아 보려나.

석양의 길

지금도 가고픈 데 많지만
길동무 없으니
추억 속의 길을 따라 혼자 떠난다
옛날 상허尚虛[20]의 '석양'의 길 따라
경주 오릉 솔바람 소리
자장가 삼아 낮잠을 자고
석굴암 여래 앞에 합장한 다음
여장을 풀고 밤에는 별을 헤인다
다음엔 어디로 떠날까
다시 떠나기 위해 돌아오는 집
어항에 먹이 주고 화초에 물 주고
아직 할 일이 많구나
서가에는 아직 읽지 못한 책들도 많고.

---

20) **상허**尚虛: 이태준 작가의 호

손 모아 그려보는

산자락 보리밭
이랑마다 한숨이던 어머니의 호밋자루
꿈 속에서 찾아 갈까

아버지 쟁기날에
십 년도 더 늙어 뵈던
언덕 너머 갈대밭에 달 뜨면 찾아 갈까

눈 녹고 꽃 피는 칡뫼마을에
쥐불처럼 번져가는 파란 물결
손 모아 그려 보는 보리밭 종달새.

시골 이야기

처서 지나 비 한차례 지나가더니
쓸어간 듯 매미 소리 그치고
하늘엔 조개구름
가슴 시원하게 먼 산이 안겨 온다
옛날 시골 이야기가 살아 온다
툇마루에 나와 앉으면
건너마을 경하 누이가
물동이를 이고 종종걸음이다
추석이 되면 올벼 찧은 햅쌀밥에
풋대추와 송편을 맛있게 먹었다
밤송이가 탐스러운 성묘 길도 좋았다
내논에 벼를 베어 논틱을 내면
이웃집 어른들이 껄껄껄껄 웃으셨다
넓은 들에 산능선이 완만하고
인심 또한 순후해서
네 것 내 것 없이 오순도순 살았다.

시집을 띄우며

나눌수록 기쁨은 배가 된다던가
빚 갚음을 겸해 시집을 띄운다

마음 속 깊이 새긴 옛 친구들
팔 방으로 흩어져
곰곰이 생각해도 간 곳 찾기 어려워라

빛 고운 석양의 노래와
꽃 같은 시절의 노래를
이면지 마저 쓰고 또 고쳐
이제는 머리에 서리가 내리고

다시 못 올 친우들 생각하며
더러는 반송을 무릅쓰고
띄우는 이 졸저에

종이 편지는 고사하고
말 한 마디라도 답신이 오면
카톡이라도 꽃소식이라 반기리.

노들강변 걷다가

삼촌의 칼춤에 청령포의 이슬이 된
단종의 눈물이 사나운 강물을 휘돌아
오백 년을 흘러와서
성삼문의 묘에 이르러 그의 충혼을 곡하노라

노들강변 걷다 보면
눈여겨보는 성삼문의 묘

낮은 봉분에 뼈는 흙이 되었지만
능지처참에도 굴하지 않은
" 봉래산 제일봉의 낙락장송 "
그의 시조가 오늘에도 새로워라

노들강변 걷다 보면
눈여겨보는 성삼문의 묘

"옳은 일을 하고 해를 당하는 것은
내가 달게 생각하는 바다"
청령포에 버려진 단종의 시신을 수습한
엄흥도 할아버지의 사연 함께 새겨봄이라

화암약수터 할머니

정선 화암약수터 여관 주인 할머니는
화암약수로 사시는 할머니
머리에 하얀 서리가 내렸다

마당에 지은 정자 지붕에
청솔이 자라고
내 언제 와 보았던가 기억이 아련하다

집 안에 들어서니
50년 전 그 아주머니가
내가 제 별장이라도 찾아온 듯
어서 오십시오
샘물처럼 맑은 미소로 맞이하신다

하늘이 내린 젊은 샘물이 좋아
약수로 마음을 씻고
산속의 물소리 바람소리 풀벌레 벗하며
세속의 굿판을 멀리하고
한곳을 지켜 백세 하시는 할머니
그 동안 다녀간 사람들은 얼마나 많은데.

싸락눈이 내린다

수리산 겨울 숲에 싸락눈이 내린다
산에서 내려오는 길에 주막에 들 때
초가지붕 위에 하얀 가루가 쌓인다
주막 할머니가 솥에 물을 붓고
아궁이에 장작불을 피우며
꽃 본 듯이 손님을 맞이한다
국물이 얼룩진 행주치마를 두르고
부엌을 분주히 나들며
막걸리 한 사발에도
연방 술국을 나르신다
삶의 무게에 허리 굽은 할머니
연세는 올해 여든여섯
무슨 재미로 사시느냐 여쭈었더니
허튼 말 말고 술이나 마시라 하신다.

아버지의 벽시계

계양산 너머에서 대포소리가 연달아 들려왔다
전쟁이 무슨 동네싸움일 줄 알고
잠시 피하면 되려니 절실함도 없이
어머니는 뒤주 바닥을 긁어 쌀자루에 넣고
아버지는 피난짐에 벽시계를 넣었다
검둥이만 집에 두고 허둥지둥 집을 나섰다
밭둑에 버린 메밀싹으로 반찬 해
죽을 쑤어 먹었던 피난살이
밤나무밭 꾀꼬리도 애달프게 울었다
회갑 년이 지난 지금도
6.25 전란의 한 맺힌 매듭은 풀리지 않고
뒤주 긁는 소리와 시계 치는 소리는
저 잔인한 여름에 멈추어 있지만
기억 속에 지금도 가고 있는 아버지의 벽시계

애기동백꽃

국화꽃이 한창일 때 성묘 가는 겸해
질마재 미당의 애기동백 씨를 받아와
우리 집 화분에 옮기어 심었더니

겨울에 단단한 껍질을 벗고
이듬해 싹이 나서 삼 년이 지나더니
세 살 난 애기 말문 터지듯
꽃이 피었다

스승의 산소 옆에 잘도 익은 씨
언제 싹이 날까 반만 믿고 받아왔는데
그 먼 길을 어쩌면 내게 와
꽃이 피었다
이 씨를 누가 또 받아 꽃을 피울까.

엄마 시인의 집

세 자매 엄마 시인의 꿈은
네 개의 현관문이 달린 집을 짓는 것이었다

"나 아프다"는 말을 아름다운 노래로 하며
"삶의 대화가 다 시"라며
혼자서 마음에 우는 딸 셋을 키우고

팔십 나이 들어서 눈여겨본
인릉산 밑 깊은 골짜기 고즈넉한 곳에
출가한 세 딸에 사위들도 거들어
엄마를 모시고 같이 사는
한 지붕 대문이 넷 달린 집을 지었다

"이런 집에 못 산다"는 큰 부자도 없고
"가난해서 집 지을 돈이 없다"는 딸도 없이
다들 고만고만한 살림살이라
한 지붕 아래 문패 넷 달고 함께 산다

"저녁엔 뭘 먹나" 고민하고 있을 때쯤
딸이 "엄마, 잡채 맛있게 했다"면서
한 접시 가져올 때가 이 집의 "별의 순간"

다듬이질 소리

88 올림픽 개막식 초대형 화면에
두 여인이 마주앉아 다듬이질 하던
실루엣을 기억한다
네 자루의 다듬잇방망이가 연주해 내던 다듬이질 소리
자장가처럼 감미롭고 은은하다가
이내 천둥치듯 격렬해 지고
때로는 목탁소리처럼 경건해 진다
흉내 낼 수 없는 우리만의 절묘한 선율
농악에 버금가는 빼어난 가락
목화 따서 씨아질로 물레질로 옷감을 짜던
여인들의 애환을 담아내는 삼삼한 소리
설 밑에는 밤이 새도록
온 동네에 울려 퍼지는 다듬이질 소리.

염불 소리에는

바람이 불면 풍경 소리는
중생들아 깨어나라 하고
스님은 염불을 한다
범종과 법고와 목어와 운판을 울리며
염불을 한다
지옥의 중생들과 축생들의 마음과
물고기와 조류와 허공을 떠도는
온 누리의 영혼들에게
부처님의 음성으로 지혜를 계발하란다
이 수상한 세상에
나는 누구인가 하루 한 번이라도 자문하란다

옛 생각

돌아올 날 없는 어릴 적 마음이 되어
묵은 동전 꺼내보듯
아스라한 옛 생각에 잠기면

우물보다 가만한 한 송이 꽃
손때 묻은 까치 알

생각처럼 깊어가는 언 하늘에
버선 한 짝 걸려있는 하현달

소슬한 바람에 허리를 구부리고
아랫목을 찾아가는 난초 분

오이 풋고추에 비워가는 고추장 탕기
조촐한 밥상을 둘러앉은 식구들

가을갈이 하는 쟁기날에
어린것들 얼굴이 어려
소보다 앞서 가는 아버지 마음.

석양을 마주서서

농부가 논밭을 갈 듯
인생길을 간다
깊이 갈며 갈 길을 간다

인생은 어쩌면 축복
목숨을 벼르다
하늘에 가 맺히는 별

능금 익어가는 하늘 아래
연잎 위에 구르는 이슬을 거울삼아 보는
아쉽고 고마운 날들

오늘은 한란을 손볼까
탐석을 떠날까
석양을 마주서서 갈 길을 바라본다.

옛길

내 마음 속 창문을 열면
시안으로 들어오는
관악산 청계산 광교산 능선
능선을 함께 걸으며
인생의 정론을 펴며
우정을 나누던 친구들
하나 둘
안개 속 깊은 구렁으로 빠진 다음
세월 갈수록 그리움은 짙어지고
내 어느 날 이 능선에 별로 떠서
천고에 남을 발자취를 비추리라.

6·25 그날

그때 내가 아버지였다면
그렇게 할 수 있었을까
팔 남매 식솔을 거느리고
피란 길에 나서는 일을

6·25 그날
내가 열다섯 살 때
저들의 겁탈이 두려워
우리 아버지는 그렇게 하였다

세끼 끼니를 죽으로 연명하며
찬 서리에 외양간에서 잠자며
추녀 밑에서 밤을 지새우는 피란길
이 정처 없는 풍전 노숙을

6·25를 왜곡하는 무리들
"단장의 미아리 고개"를 아는가
제 새끼 없고 십 리도 못 가서
고꾸라질 것들이 겪어 봤어야지!

오랜 맛

반 넘어 비워버린 서가에서
고전을 꺼내 읽는다
남은 인생 새로운 것보다
익숙한 것에 눈길을 준다

밑줄 친 옛 글에서
잘 익은 농주의 그윽한 향기가
새 문장으로 튀어나온다

익숙한 것에 길들여져
다시 읽는 문장에
새로 밑줄을 친다

낡고 허물어진 폐허에서
연못에서 피어나는 연꽃처럼
새로 태어나는 그들과 속삭인다.

우리 노래

우리 노래 들을 때
달이 뜨더라
내 가슴 환히 비추는 달이 뜨더라
가수가 달이 되어 세상을 환하게 비추더라
이 어려운 시기에
가슴 가슴을 훈훈하게 다독이더라
참 너무 밝게 서러운 달빛 같은 소리
이 세상의 온갖 설움의 가지들이
나긋이 휘어질 만큼
너무나 밝은 소리
한이 서린 우리 겨레의 노래이거니
안개 벗은 산골짜기 물 흐르는 소리
여러 백 년쯤 잘 닦긴 자갈 구르는 소리
그 소리가 얼마나 듣기 좋은 지
금 은의 줄을 단 현악기에서
울려 나오는 소리와 같이
어! 시원하다 한국의 미
풍월을 즐기는 내림의 소리
우리 하늘 우리 물맛에서 나오는 소리.

황혼 맞이

황혼을 맞이하며
어울리는 노래를 찾아 간다
푸르렀던 시절은 지나가고
온 산을 붉게 물들이는 단풍
꽃이 피는 것처럼
내 어깨에 나비처럼 내리는 낙엽
서녘 하늘의 석양을 보며
마음에 꽃을 그린다
귀신이 보이는 나이에도
어린애이고 싶다
추억의 주머니에서 꺼내 보는
오만 가지 사진들
하얗게 더 바래기 전에
쓸쓸함을 희망으로 만들고
여기 그대로 머무르고 싶은 마음을 달래 본다.

원통이고개

계양산 능선을 내려가면 원통이고개
내 중학교 다닐 때 넘던 고개
흑백사진에 찍혀 남은 고개
가좌동에서 떫은 감을 따먹으며
허기진 배를 달래고
염전저수지에서 미역감고
우리집 창문에 등불이 켜질 때쯤
원통이고개를 넘을 때는
여우처럼 재주를 부려 빨리 집에 가고 싶었다
마라리아를 앓으면서도
학교는 빠질 수가 없었다
산도적이 무서워 백 명이 모여 넘었다는 고개를
혼자서 삼 년이나 넘어다녔다.

이만하면

내 분수로는 이만하면 그만이다
화분 몇 개에
조촐한 서가를 채우고

친구들 사귀며
내 탓 내 잘못 내 책임이라 성찰하며
걸림 없이 지내고

이룬 것 만큼 나누며
할 수 있는 일이 있음에 감사한다
놀지 않는 것 만으로도 행복하다

돈 많다고 특별하게 행복할 것도 없고
없어서 그렇게 불행해 보이지도 않는다

마음대로 누울 수 있는 집과
새우젓만으로 간을 맞춘 우럭젓국처럼
몇 가지 식재료 만으로도
정성스레 만든 소박한 아내의 밥상

낙도안덕樂道安德이란 무엇인가
이만하면 되었다

눈밭에 홀로

귀신도 보인다는 이 나이에 드니
진심을 나누던 가슴 따뜻한 친구들
많은 이름이 먼저 떠났다

노년은 미리 짐작할 수 없는 것
세한도의 소나무처럼
눈밭에서 홀로 서 있다

인생의 우정은
여명에서 황혼이 되고
마침내 안식에 드는 것

저 큰 나무에도 낙엽이 지네
황금 같은 나의 어린 날은
다시 돌아오지 않는다

나도 가면
친구들을 다시 만날 수 있는 저 곳이
정말 있는지 믿고 싶구나

남원 나들이

만나면 봄이 되는
박종수 시인이 살던 남원을 간다

우리 인생의 봄이던 시절
햇볕 좋은 월매집 싸리울 밑에서
짚신 잔에 탁배기를 권했었지

그 시절 뱀사골에 가면
멧돼지를 통째로 굽기도 했던 전설

수삼 년 지나 광한루에 들렀을 때
연못에 비치는 내 이마에 주름은 깊고
대작할 벗이 없으니 어이할꼬

월매집 이정표만 보고
돌아서는 발걸음이 무겁다
뱀사골에는 단풍철이라 더욱 절경이고
외운마을의 천년송은 한가지로 푸르구나

후회

망둥이 낚시에 취해
해 지는 줄 모르고 황혼이 되어
어둑한 골목에서 나
술 고픈 걸 못 참아
술잔을 기울이다 기울이다가
아버지 기일임을 잊어버리고
어찌어찌 집에 돌아와 보니
자정이 넘어
기다리던 아들은 이미 잠이 들고
나 혼자 영전에 세 번 절하며 헌작하고
회한의 음복을 한다.

조선 막사발

서가에 두고 보는 조선 막사발
어머니가 두고 가신 반달
어머니 사랑의 곳간

새끼들 배 곯을까
물 반 밥 반씩 채운
하늘 다운 빛 하얀 사발

내 어린 지게에
달 지고 집으로 돌아올 때
한숨 진 호미 들고
뒤 따라 오시던 어머니

그렁그렁 젖은 달
하늘나라 가신 날
제수 올려 채우니
물동이에 찰랑대는 보름달로 오시네

숲속에서

신록의 숲은 영원한 청춘
젖은 길을 걸어서 숲 속에 든다

마음 속 속된 때를 벗고
이마의 주름살을 편다

나뭇잎들 속삭이는 소리
새와 다람쥐와 샘물도 같이 마시며

숨은 듯 아담한 절의 풍경 소리에
이마가 하늘처럼 맑게 개인다.

좋은 인연

- 박윤규 시인 기념문집에 부쳐

우리는 동문수학한 지 육 칠십 년만의 조우로
함께 시를 쓰고 산행을 같이하니
얼마나 달가운 일인가
정다운 말로 우리는 깨복쟁이

바위처럼 듬직한 친구
해병대 출신으로 파란만장한 인생역정에
문재를 닦아 각고의 산고 끝에
마침내 시조의 고봉을 이루었다

당산나무처럼 제 고향을 지키며
시를 짓고 덕을 쌓아 향리를 빛내는
어른으로서 우러름을 받으니
계양산 자락의 "큰 바위 얼굴"이다

제 고향을 예향으로 가꾸는 시인
그의 시의 향기가 구 만리 장천을 너머 전하리니
그의 문집을 보게 되는 것은 내게 큰 영광이다.

참 잘한 일

우리는 우연히 만나
술 반 말 반 노래 반을 뒤섞어
주흥에 취하다가
놀다 만 갈 거냐고
이 풍진 세상 타령 그만 하고
함께 시를 쓰자고
시를 써 서로 나누어 보면
못난 글도 누구엔가
타산지석이 될 거라며
"『이 한세상』" 동인이 되었다
만나고 헤어짐이 무상하지만
시작이 반이라
십시일반 쌈짓돈을 모아
동인지를 만들었다
시간 속에 풍화될지라도
신록의 숲 속처럼 즐거웠다
참으로 잘한 거다.

콩 심은 데 콩 나고

농부는 돌밭에도 씨를 뿌리며
경운기로 쟁기로 밭을 갈아
씨를 뿌려 거둔다

부동산 투기로 산 땅에도
등걸밭에도
콩 심으면 콩이 난다

보리는 별 얼고 돌 우는 밤에도 자라며
그들이 등걸잠을 잘 때에
은혜의 비가 내려 뿌리를 적셔 준다

농부는 흙을 신앙으로 삼고
씨를 뿌리며
오늘도 워낭 소리 흥을 돋아 밭을 간다

선비는 울어도 눈물을 보이지 않는다 하며
농부는 억울해도 울지 않는다
다만 누가 어디서 무슨 소리를 내는지 안다

농부는 흙처럼 씨앗처럼 정직하여
제왕 앞에서도 당당하다
그도 또한 한 줌의 흙으로 돌아가리니.

할매 시인

그곳에 가면
할매 시인들이 살아요

"80이 너머도/어무이가 조타
나이가 드러도/어무이가 보고시따
어무이카 부르마/아이고 오이야 오이야
이래 방가따"_이원순 83세

"논에 들에/할 일도 많은데
공부시간이라고/일도 놓고
허둥지둥 왔는데/시를 쓰라 하네
시가 뭐고/나는 시금치씨
배추씨만 아는데."_ 소화자 77세

시 공부 날은 부랴부랴
흙 묻은 신발을 물로 씻어내고
보리밥에 물 말아 한 술 뜨고
달음질 하는 할머니들

아이처럼 진솔한 감정을
주고 싶고 듣고 싶은 말
쉬운 말로 쓰는 노래는 정말이래요
황혼에 피는 꽃이래요.

천의 시인들이 모인 방

창문에 관악산이 그득히 들어앉은 서재
책과 도자기가 놓인 서가에
아름다운 영혼의 꽃이 피고 잎이 나는 나무들

현실은 잿빛인데 마음속은 온통 초록이다
느린 걸음으로 종이책을 넘기다 보면
내가 좋은 시간을 갖고 있다고 흐뭇해 진다

새로운 세상이 시작되는 공간
이루지 못한 내 경험에 보탬이 되는
안식처로서 책
자유로운 영혼에 대한 동경이 다가온다

나를 바꾸고 바뀐 나로 인해
또 다른 사람이 영향을 받는
타산지석 같은 책의 잠재력을 느낀다
"내일로 가는 옛길"이 있는 방.

할머니의 육아일기

엄마가 일터에 간 다음
할머니는 손녀 현민이를 봅니다
낮잠 잘 때 엄마를 찾으며 울었어요
엄마를 찾으며 울다가
미끄럼 탈 때는 방긋방긋 웃으며 놀아요
오늘은 울지 않고 수건을 만지며 잠들었어요
손을 씻을 때 거품비누가 신기한지
계속 만지려 하고 재미 있어 했어요
반죽을 동글동글 굴려보며 송편 만들기를 해요
내일이면 아가가 벌써 네 살이 되네요
지난 봄에 찍은 사진에 비하면
이젠 어린이 티가 나네요
그림을 그리면서 이야기를 해요
이야기가 그림이 되게 만들어요
고사리 손으로 제 이름을 쓰면
할머니는 빨간 연필로 100점을 줍니다
할머니의 하루가 이렇게 저물어 갑니다.

말 한마디

친구가 하는 말이
"자네 자식농사 잘 지었네" 하기에
무슨 말인가 어리둥절하였더니
이어 하는 말이
" 다 자네 부모님 덕분일세" 한다

꽃의 아름다움은 향기에 있고
사람의 됨됨이는 말씨에서 가려진다
말 한 마디로
천 냥 빚을 갚는다지 않는가.

종이 편지

하얀 종이 위에 마음 속 님의 얼굴 그려 보며
건넬 말이 막혀 쓰다 만 종이 편지 들고
눈이 내리는 하얀 밤길을 걸어
그 님의 창문 앞에 우두커니 서서
창문을 두드릴까 마음 졸이다

건넬 말이 막혀서
돌아서는 발자국을 눈이 내려 지우고
눈구름 위에 떠가는 달과 같이
내가 다녀가는 줄을 그 님은 모르리
아름다운 계절의 종이 편지.

회상 이창년 시인

우리는 동문수학 하고
아름다운 문학동인 그리고 기둥
경상도 투의 말소리 호탕한 웃음소리를 듣네

분방하게 살면서도
차라리 혼자가 외롭지 않다며
혼자서 술을 마실 때도 있었지

남원에 눈이 나리는 날
처용 춤이 생각나네
변, 박, 최 시인도 함께였지

바람의 문을 열고 훌훌히 떠난 사람아
극락 물목에 주막을 내마고 농담을 하던
진의하 시인을 만나거든
변세화 박종수 시인도 불러 만나보시게

가을이 오네
그대 가심으로
산이 무너지네

그대 그리워
손녀의 그림과 함께 낸 시집
"바보야 바보야"를 펼쳐 본다네

혼자서 웃는다

눈보라 찬바람이 지나간 겨울 끝자락
보리싹 파란빛이 돌며
바람에 매화향기 실려올 듯

해마다 이맘때면
매화 사랑 그 친구 생각에
좀 이르다 싶은데도 성급하게

매화 분재에 꽃이 피었느냐 물었더니
꽃 향기 바람에 실려 보낼 터이니
잔에 술 딸아 놓고 기다리란다

창문을 열고 보니 아직 바람이 찬데
친구의 훈훈한 마음에
내 가슴에 꽃이 피어 혼자서 환하게 웃는다

봉황이 지나간 자리

솔거미술관에서 어린이가 모르고
거장의 화폭에 큰 흠결을 내었습니다
어린이 부모에게 사실을 알렸습니다
보험 평가액만 1억원이 넘는다니
부모는 걱정이 태산입니다 그러나

화백은 미술관에 말했습니다
"아무런 문제도 삼지 말라
뉴스가 나가자 218만 회나 재생되었다니
그 아이가 아니었으면 사람들이
내 작품을 그렇게 많이 봤겠나

그러니 고놈이 봉황이지
봉황이 지나갔네!" 말했습니다
봉황의 눈에는 봉황이 보였습니다

초가지붕 용고새

'말모이'에서 다시 보는 '용고새'
용의 긴 모양과 용의 비늘을 닮았다고
'용고새'라 한단다

진달래꽃 피는 봄날이면
능선으로 길게 걷는 길은
초가지붕 '용고새' 위를 걷는 기분이다

늦가을 아녀자들은 김장으로 겨울나기를 하고
남정네들은 이엉으로 초가지붕을 덮고
'용고새'로 마감한다

농사일 품앗이로 소를 부리는 일은 두 품
지붕 잇는 일은 세 품인데
울아버지는 세 품 받는 장인

용고새[21]를 덮은 지붕 위에 하얗게 눈이 쌓이는 날
나는 따뜻한 방 안에서 새 지붕을 바라보며
소보다 힘든 일을 해 내는 아버지가 자랑스러웠다

---

21) 용고새 : 초가지붕 꼭대기를 덮는 이엉.

강열네 감나무

두루마리를 펴면 강열네 감나무 그림이다
단원 김홍도의 풍속도 같은
바래지 않은 추억의 그림이다

돌담을 돌아가면
강열네 감나무 그늘에서
아이들은 홍시 익기를 기다리며 놀았다

돌담을 돌아 물 길러 갔다가 누나가 주워온 홍시
과꽃 같은 우리 누나 사랑이 얼마나 달았는지
그 기억을 잊지 못한다

까치밥 홍시가 떨어지기를
턱을 고여 기다렸다

오랜 세월 마음에 간직해 온 그림
내 열살 안쪽에는
홍시 한 개만으로도 행복하였다

휴전선의 뻐꾸기

길 막힌 휴전선의 외진 골짜기
악몽의 포연은 잦아들고
산화한 병사의 철모가 녹슬었다
국방색 유니폼을 빨아 널던 곳
맑은 물 흐르는 진주 같은 땅에
다시 유월이 와서
예쁜 패랭이 꽃이 피었다

살아서는 못 건너는 산천이던가
분단의 복판에서
'병사는 죽어서 말한다'는
못다한 말 대신하듯 뻐꾸기 운다
평화를 위해 조국의 부름을 받고
산화한 꽃다운 영혼의 소리
산간에 먹먹한 메아리
너와 함께 울고 싶어
여기 충혼의 밭에 왔다.

흙 냄새 풀 향기

돌멩이 흙덩이도 정다운 고향
작은 손에 호미 잡고
꼴망태에 토끼풀 나르던 들길에
좁쌀 같은 여뀌꽃 입술 같은 달개비꽃
떠나온 지 육십 년
풀각시 건네던 소꿉동무 그리워
곰곰이 생각하니 이름이 생각난다
같이 놀던 민들레 질경이 냉이꽃
시절시절 따라 곱게 피는 꽃
거친 땅에 낮게 깔린 작은 풀꽃에
자꾸만 눈이 간다
소꿉동무 간난이 언년이를 만난 듯
흙 냄새 풀 향기에 고향이 떠오른다.

춘향이라는 처녀

광한루 춘향의 영정은
이당 김은호가 그린
청순하고 수수한 시골 처녀를 모델로 한
다홍치마 연두저고리의 아름다운 꽃
남원의 술자리에서
된장에 풋고추처럼
그 꽃과 친구와 함께한 인연으로
남원 친구를 만나 또
춘향의 안부를 묻는다
홀어머니 슬하에서
가는 허리 하얀 손으로
자수 편물 익히고
짭짤한 음식 솜씨를 지금
어떤 이몽룡의 사랑을 받고 있을까.
다홍색 연둣빛 추억에 물들어 본다.

너도 오너라

남새밭에 냉이가 뽀듯하다
냉이를 캐며
아이처럼 웃음이 절로 난다

금방 냉이가 한 바구니
소꿉동무들 이름도 한 바구니
이 좋은 일 참 오랜만이다.

바람이 씨를 뿌리고
비가 물을 대어 해가 키워
하늘이 주시는 추억의 나물
이 세상에 고맙고 아름다운 일이다

보리밭 종달새 너도 오너라.

엄한정嚴漢晶 시인의 연보年譜 및 작품 활동

1. 연보

1936 인천광역시 부평구 갈산동 42에서 부 엄주용 모 김원님의 1
　　남 7녀 중 장남으로 출생 아호雅號: 오하梧下·염소念少

1950. 인천 부평동 초등학교 졸업

1953. 동인천중학교 졸업

1956. 인천사범학교 본과 졸업

1961. 서라벌예술대학 문예창작과 졸업

1961. 동국대학교 영어영문학과 3학년 한 학기 수학

1966. 성균관대학교 국어국문학과 졸업

1962~1963 『아동문학』 박목월 동시 3회 추천 문단 데뷔

1963.7~1973. 4 『현대문학』 서정주·이원섭 시 3회 추천

1976. 시집 『낮은 자리』 청자각

1987. 시집 『풀이 되어 산다는 것』 홍익출판사

1991. 시집 『머슴새』 풀길출판사

1999. 시집 『꽃잎에 섬이 가리운다』 새천년문학사

1999~2016 공동시집: 동인지 『이 한세상』 1집~18집

2005. 엄한정시선집 『면산담화(面山談話)』 현대시단

2015. 시집 『풍경을 흔드는 바람』 국학자료원 새미

2020. 시집 『나의 자리』 문학사계

2023. 시집 『엄한정시전집』 문학사계

1990. 일붕문학상 본상 시 부문

1991. 한국현대시인상 본상

1997. 한국농민문학상 본상

1997. 국민훈장 석류장

2013. 한송문학상

2015. 미당시맥상

1985~2004. 한국문인수석회 회장

1994. 1998. 2003.한국현대시인협회 부회장

1995~2000국제펜클럽 한국본부 이사

1995. 한국문인협회 감사

1996. 한국문인산악회 회장

1998. 한국농민문학회 회장

2002. 관악문인회 회장

2013. 미당시맥회 회장

2005.『이 한세상』동인

교직(1956~1997년)

• 경기도 광주초등학교 · 서울효창국민학교

• 서울 한강초등학교 · 서울 영신국민학교

• 영등포중학교 · 봉원중학교 · 오류중학교

• 선린상업고등학교 · 반포고등학교

• 서울기계공업고등학교 · 중경고등학교

• 삼성고등학교

2. 작품 활동

「가정방문」, 동시, 1962, 2집, 『아동문학』

「흑판이 꽉 차도록」, 동시, 1963, 4집, 『아동문학』

「새 우산」, 동시, 1963, 7집, 『아동문학』

「꽃신」, 동시, 1973. 6. 『계몽사문학전집

「별거하는 당신은」, 시, 1963. 7. 『현대문학』

「애가」, 시, 1971. 8. 『현대문학』

「조춘사수」, 시, 1973. 4. 『현대문학』

「수수」, 시, 1973. 12. 『현대문학』

「돌부처 앞에서」, 시, 1974. 3. 『시문학』

「등걸」, 시 1975. 7. 『시문학』

「민들레 꽃씨」, 시, 1975. 7. 『시문학』

「누님 생각」, 시, 1975. 9. 『월간문학』

「어제 본 성채」, 시, 1975.12. 『심상』

「턱 아래 깨알」, 동시, 1976. 8. 『아동문예』

「갈증」, 시, 1976. 9. 『시문학』

「귀소」, 시, 1977. 4. 『현대문학』

「기일의 낚시」, 시, 1978. 6 『시문학』

「잔뿌리에 간지럼」, 시, 1978. 6. 『시문학』

「나팔꽃」, 시, 1978. 6. 『시문학』

「열 살 안짝」, 시, 1978. 6. 『시문학』

「개난초」, 시, 1978. 6. 『시문학』

「오자기」, 시 1979. 6.『시문학』

「배추밭」, 시, 1979. 6.『시문학』

「이슬 터는 구경」, 시, 1980. 6.『시문학』

「감초맛 내는 얘기」, 시, 1980. 5.『시문학』

「손톱 물들이다」, 시, 1980. 5.『시문학』

「소일거리」, 시, 1980. 6.『심상』

「목련」, 시, 1980. 6.『심상』

「시를 말하는 염소」, 시, 1980.11.『시문학』

「백월산 밤빛」, 시, 1980.11.『시문학』

「그늘에서」, 시, 1980.11『시문학』

「하산」, 시, 1980.11.『시문학』

「혀에 남는 말씀」, 시, 1980.11.『시문학』

「유년의 나비」, 시, 1980.11.『시문학』

「아버지의 음성을」, 시, 1981.10.『시문학』

「백답을 보며」, 시, 1982.10.『시문학』

「황진이의 치마」, 시, 1982.10.『시문학』

「풀이 되어 사는 것은 어떤가」, 시, 1983. 8.『시문학』

「완충지대 갈대들은」, 시, 1983. 8.『시문학』

「안간힘」, 시, 1983. 8.『시문학』

「개야, 시」, 1983. 8.『시문학』

「땅꾼의 손」, 시, 1983. 3.『시문학』

「돌 속에서 운다」, 시, 1984. 9.『심상』

「모란. 나의 기타아」, 시, 1984. 9.『심상』

「풀은 낫을 기다림」, 시, 1984. 9.『심상』

「돌아가다」, 시, 1984. 9.『심상』

「막내의 일기」, 시, 1983. 8.『심상』

「휴전선의 패랭이꽃」, 시, 1985. 3.『시문학』

「혼자 술」, 시, 1985 .3.『시문학』

「손때 묻은 까치알」, 시, 1985. 3.『시문학』

「물 말아 한 술 뜨고」, 시, 1985. 3.『수도교육』

「옥돌을 주워 볼까」, 시, 1985. 8.『심상』

「보이지 않는 손님」, 시, 1985. 8.『심상』

「고운 이름, 동시」, 1985.11.『새벗』

「초임지, 목련」, 시, 1985.12.『심상』

「물이 되듯이」, 시, 1985.12.『심상』

「한우리」, 시, 1985.12.『심상』

「문고리」, 시, 1985.12.『심상』

「작은 꿈」, 시, 1985.12.『심상』

「소도 쉬는데」, 시, 1985. 9.『심상』

「두고 온 만남」, 시, 1986. 3.『시문학』

「파수도의 안노인」, 시, 1986. 3.『시문학』

「새포롬」, 시, 1986. 3.『시문학』

「새처럼 외로운」, 시, 1986. 3.『시문학』

「넋두리」, 시, 1986. 3.『시문학』

「터주항아리」, 시, 1986. 6.『정경문화』

「춘향의 안부」, 시, 1987. 2.『백제문예』

「초가삼재」, 시, 1987. 1.『동서문학』

「오남매의 바다」, 시, 1987. 2.『심상』

「해송을 보며」, 시, 1987. 2.『심상』

「약술」, 시, 1987. 6.『시문학』

「세월」, 시, 1987 .6.『시문학』

「가시」, 시, 1987 .6.『시문학』

「작은 섬」, 시, 1987. 8.『심상』

「산길에서」, 시, 1987. 8.『심상』

「몰래 먹기」, 동시, 1988. 3.『아동문예』

「멍석딸기」, 동시, 1988. 3.『아동문예』

「엿맛, 동시」, 1988. 3.『아동문예』

「도화지만한 해」, 동시, 1988. 3.『아동문예』

「날마다 심심하다」, 동시, 1988. 3.『아동문예』

「작은 손의 작업」, 동시, 1988. 3.『아동문예』

「설빔」, 동시, 1988. 3.『아동문예』

「말타기 놀이」, 동시, 1988. 3.『아동문예』

「혜준이를 보내주세요」, 동시, 1988. 3.『아동문예』

「헛기침」, 동시, 1988. 3.『아동문예』

「시인이 병들면」, 시, 1988. 8.『심상』

「어머니의 답장」, 시, 1988. 8.『심상』

「해거름」, 시, 1988.10.『심상』

「신부의 고향」, 시, 1988.10.『심상』

「진달래 약탈」, 시, 1988.10.『시문학』

「전원 일기」, 시, 1988.10.『시문학』

「종치던 친구들」, 시, 1989. 7.『심상』

「헛꽃」, 시, 1989. 7.『심상』

「한라산 조릿대」, 시, 1989. 3.『시문학』

「뜨거운 가슴에 우물을」, 시, 1989. 8.『심상』

「시를 읽다가」, 시, 1989. 8.『심상』

「두보의 집」, 시, 1989.10.『시문학』

「겨울 억새」, 시 1989.10.『시문학』

「다시 상강에」, 시, 1989.12.『심상』

「섬은 구름을 이고」, 시, 1989.12.『심상』

「빈 배 간다」, 시, 1990. 4.『문학공간』

「구담봉 뱃놀이」, 시, 1990. 8.『심상』

「쉬운 일 쉽게」, 시, 1990. 8.『심상』

「두향의 묘」, 시, 1990. 9.『문예사조』

「차례」, 시, 1990. 9.『문예사조』

「사는 뜻」, 시, 1990. 9.『문예사조』

「강돌」, 시, 1990.11.『시문학』

「두엄에서」, 시, 1990.12.『문학예술』

「봉숭아」, 시, 1990.12.『문학예술』

「오순이의 날개」, 시, 1990.12.『교단문학』

「가라앉는 모래」, 시, 1991. 4.『시문학』

「샹그리라」, 시, 1991. 4.『시문학』

「머슴새」, 시, 1991. 6.『심상』

「대금 소리」, 시, 1991. 6.『심상』

「대낮에」, 시, 1991. 8.『심상』

「젖은 종이」, 시, 1991. 8.『심상』

「다시 보인다」, 시, 1991.12.『농민문학』

「돌아온 새」, 시, 1991.12.『농민문학』

「경칩」, 시, 1991.12.『농민문학』

「꽃새」, 시, 1991.12.『농민문학』

「낮은 자리에 누워」, 시, 1991.12.『문예사조』

「한 걸음 늦게」, 시, 1991.12.『문예사조』

「수련 일기」, 시, 1991.12.『문예사조』

「산울림」, 시, 1991.12.『문예사조』

「청송」, 시, 1992. 8.『시문학』

「베푸는 법」, 시, 1992. 9.『문학공간』

「자주감자」, 시, 1992. 9.『시세계』

「빈 물병에」, 시, 1992. 9.『시세계』

「해금내와 갈포치마」, 시, 1992. 8.『심상』

「숫돌」, 시, 1992.11.『문예사조』

「황토」, 시, 1993. 8.『펜문학』

「면산담화」, 시, 1993.11.『시문학』

「눈 뜨시고」, 시, 1993.12.『문단』

「저녁 이슬」, 시, 1993.12.『문단』

「아내의 가슴이」, 시, 1994. 1.『한겨례문학』

「붉은 대추」, 시, 1994. 4.『문예사조』

「하늘로 문을 낸 서재」, 시, 1994.10.『시문학』

「헛일」, 시, 1994.10.『시문학』

「수련 그늘」, 시, 1994.10.『시문학』

「당신의 자리」, 시, 1994.10.『시문학』

「산길 칠월」, 시, 1994.10.『시문학』

「젊은 왕소나무」, 시, 1994.10.『시문학』

「월미도」, 시, 1994.12.『학산문학』

「수석」, 시, 1994.12.『학산문학』

「객담이나 하자」, 시, 1994.12.『농민문학』

「망초꽃에 묻혀」, 시, 1994.12.『농민문학』

「이제야 조금」, 시, 1994.12.『농민문학』

「친구 어네스트」, 시, 1995. 3.『농민문학』

「도두람산」, 시, 1995. 3.『한겨례문학』

「의지목」, 시, 1995. 6.『월간문학』

「대추 만하게」, 시, 1995. 6.『월간문학』

「민들레꽃을 보는 눈」, 시, 1995. 9.『시대문학』

「두 개의 돌」, 시, 1995. 9.『시대문학』

「진주 같은 땅」, 시, 1996. 9.『시문학』

「촌티」, 시, 1996. 10.『농민문학』

「이 술 한 잔」, 시, 1996. 10.『농민문학』

「언 하늘」, 시, 1996. 3.『현대수필』

「귀로 일석」, 시, 1996. 12.『월간문학』

「무덤에까지 가지고 가는」, 시, 1996. 12.『월간문학』

「누이는 도요새」, 시, 1997. 2.『현대문학』

「자네 오게」, 시, 1997. 2.『현대문학』

「봄의 새소리」, 시, 1997. 5.『순수문학』

「기다리는 행복」, 시, 1997. 5.『순수문학』

「쑥국」, 시, 1997. 5.『순수문학』

「채마 일기 - 쌀」, 시, 1997. 7.『농민문학』

「바위 속으로」, 시, 1997. 8.『시문학』

「연수 양의 편지」, 시, 1997. 8.『시문학』

「깡통과 풀꽃」, 시, 1997. 8.『시문학』

「황혼은」, 시, 1997. 8.『한맥문학』

「윤 강원 시인의 돌」, 시, 1997. 8.『한맥문학』

「신 없는 손님」, 시, 1997. 8.『한맥문학』

「채마일기 - 밭일」, 시, 1997.12.『농민문학』

「꽃잎에 섬이 가리운다」, 시, 1998. 3.『시문학』

「차떡」, 시, 1998. 3.『시문학』

「봄」, 시, 1998. 3.『시문학』

「억새꽃을 보면」, 시, 1998. 봄호.『펜과문학』

「채마일기- 민들레씨」, 시, 1998. 봄호.『농민문학』

「채마일기 - 흙」, 시, 1998. 가을호.『농민문학』

「누이의 달」, 시, 1998. 겨울호.『시인정신』

「선인장 가시」, 시, 1998. 겨울호.『시인정신』

「돌도 예쁜 데를 내민다」, 시, 1999. 봄호.『문예와 비평』

「콩밭에 부는 바람」, 시, 1999. 5.『문예사조』

「옥수수 딸 때가 되었다」, 시, 1999. 5.『문예사조』

「채마일기 - 가을카리」, 시, 1999. 7.『문학공간』

「백령도 백원배 선생」, 시, 1999 .7.『한맥문학』

「백령도 돼지집의 맷돌」, 시, 1999. 7.『한맥문학』

「용갑군이 오라해서」, 시, 1999. 6.『동방문학』

「회갑여행, 시」, 1999. 6.『동방문학』

「채마일기 - 낫질」, 시, 1999. 여름호『시세계』

「말씀」, 시, 1999. 여름호『시세계』

「쑥과 갓」, 시, 1999. 여름호『지구문학』

「달 씻다」, 시, 1999. 8.『시문학』

「묵은 엽서의 연가」, 시, 1999. 8.『시문학』

「감자꽃을 따다 드립니다」, 시, 1999. 8.『시문학』

「경포대의 봄」, 시, 1999. 6. 창간호『서울문학』

「내리막길」, 시, 1999. 9.『순수문학』

「국물은 남기느냐」, 시, 1999. 9.『순수문학』

「채마일기 - 마른 고춧대」, 시, 1999. 겨울호『농민문학』

「메뚜기와 산다」, 시, 2000 .8.『이 한세상』

「채마일기 - 태양초」, 시, 2000. 8.『이 한세상』

「농부의 안식」, 시, 2000. 8.『이 한세상』

「세상에서 제일 예쁜 꽃」, 시, 2000. 8.『이 한세상』

「새벽 산행」, 시, 2000. 8.『이 한세상』

「바람의 노래」, 시, 2000. 8.『이 한세상』

「바람이 손에 잡힐 즈음은」, 시, 2000. 8.『이 한세상』

「이곳으로 오리라」, 시, 2000.12.『경주문학』

「계양산 전설」, 시, 2001. 봄호.『서울문학』

「생각나는 사람」, 시, 2001. 봄호.『서울문학』

「향일암의 길」, 시, 2001. 4.『시문학』

「주인은 바람」, 시, 2001. 4.『시문학』

「늦가을」, 시, 2001.11.『이 한세상』

「채마일기 - 김매기」, 시, 2001.11.『이 한세상』

「산이 오라 하나」, 시, 2001.11.『이 한세상』

「단양 금수산」, 시, 2001.11.『이 한세상』

「달 노래」, 시, 2001.11.『이 한세상』

「꽃나이」, 시, 2002. 봄호.『농민문학』

「채마일기 - 다랑밭에서」, 시, 2002. 봄호.『농민문학』

「흑백사진」, 시, 2002. 5.『월간문학』

「살구나무 있는 집」, 시, 2002. 가을호.『해동문학』

「떠돌이를 자청하며」, 시, 2002. 가을호.『해동문학』

「염소초기」, 시, 2002. 가을호.『해동문학』

「미당 선생 빈 집에서」, 시, 2002. 가을호.『해동문학』

「생각나는 사람」, 시, 2002. 여름호.『문학사계』

「그리운 월미도」, 시, 2002. 여름호.『문학사계』

「유수정 주인」, 시, 2002. 8.『시문학』

「모자를 벗다」, 시, 2002. 8.『시문학』

「풀꽃에서」, 시, 2002. 가을호.『농민문학』

「망초꽃과 토끼풀」, 시, 2002. 가을호.『농민문학』

「얼굴 없는 거울」, 시, 2002. 6호.『시와 수필』

「눈물처럼 빛나는 열매」, 시, 2002. 6호.『시와 수필』

「봉천동 낙성대」, 시, 2002. 1.『관악의 문인들』

「원추리꽃」, 시, 2003. 6.『월간문학』

「갈월리에 가면」, 시, 2003 .6.『월간문학』

「백도 송가」, 시, 2003. 8.『시문학』

「그리운 인간상」, 시론, 2003.10.『시문학』

「두 향기」, 시, 2003.10.『이 한세상』

「고추밭에 봉숭아꽃」, 시, 2003.10.『이 한세상』

「안 노인의 섬」, 시, 2003.10.『이 한세상』

「꽃피는 날」, 시, 2003.10.『이 한세상』

「구두 이야기」, 시, 2003.10.『이 한세상』

「청개구리 운다」, 시, 2003. 10.『이 한세상』

「크라스처치에서 온 편지」, 시, 2003.10.『이 한세상』

「강아지 나라」, 시, 2004. 봄호.『농민문학』

「어떻게 지내는가」, 시, 2004. 봄호.『농민문학』

「운주사 쌍와불」, 시, 2004. 봄호.『농민문학』

「허기증」, 시, 2004. 봄호.『농민문학』

「상사화 2」, 시, 2004. 봄호.『농민문학』

「달과 노래」, 시, 2004. 6.『문예사조』

「난초의 말」, 시, 2004. 6.『문예사조』

「찔레꽃 덤불을 보면」, 시, 2004. 여름호.『농민문학』

「집으로 와요」, 시, 2004. 가을호.『문학사계』

「길」, 시, 2004. 가을호.『문학사계』

「보리밭 종달새」, 시, 2005. 봄호.『문학사계』

「남원의 봄」, 시, 2005. 5.『시문학』

「두 향기」, 시,『이 한세상』5집

「고추밭에 봉숭아꽃」, 시,『이 한세상』5집

「안女노인의 섬」, 시,『이 한세상』5집

「꽃피는 날」, 시,『이 한세상』5집

「구두이야기」, 시,『이 한세상』5집

「청개구리 운다」, 시,『이 한세상』5집

「크라스처치에서 온 편지, 시,『이 한세상』5집

「시인의 정년」, 시, 2008. 8.『월간문학』

「대상포진」, 시, 2008. 9.『시문학』

「고추꽃을 보며」, 시, 2008. 가을호『문학사계』

「낫을 갈 때」, 시, 2009. 봄호.『문학사계』

「달아 달아」, 시, 2009. 봄호『문학사계』

「파란 들」, 시, 2009. 봄호『문학사계』

「묵은 이야기」, 시, 2009. 봄호『농민문학』

「열 살 적 고향에는」, 시, 2009. 봄호『서울문학』

「빈 그네」, 시, 2009. 5.『문학공간』

「쉬운 말」, 시, 2009. 5.『문학공간』

「낮아서」, 시, 2009. 겨울호.『문학사계』

「진도행」, 시, 2009. 겨울호.『문학사계』

「씨는 흙에 묻히며」, 시, 2009. 가을 겨울.『농민문학』

「어머니」, 시, 2009. 12.『한맥문학』

「살살이꽃 길에서」, 시, 2009. 12.『한맥문학』

「진도 소곡리 복춤」, 시, 2009. 12.『한맥문학』

「밖이 보여요?」, 시, 2009. 12.『한맥문학』

「별명 염소」, 시, 2009. 12.『한맥문학』

「꽃소식」, 시, 2010. 1, 2. 펜문학

「문패만 남은 미당의 집」, 시, 2010. 2.『월간문학』

「달보기별」, 시, 2010. 2.『시문학』

「진도 소곡리 북춤」, 시, 2010.1.『스토리문학』

「백두산 천지의 물」, 시, 2011. 봄호.『농민문학』

「절에 갔더니」, 시, 2011. 3.『공간문학』

「산이 온다」, 시, 2011. 3.『공간문학』

「기다리면 피겠지」, 시, 2011. 봄호.『서울문학』

「매화골 작가」, 시, 2011. 봄호.『서울문학』

「큰 돌 세우니」, 시, 2011. 가을호.『문학사계』

「살살이꽃 바람 길」, 시, 2011. 가을호.『문학사계』

「소금꽃」, 시, 2011. 여름호.『문학사계』

「굴뚝의 하얀 연기」, 시, 2011. 여름호.『문학사계』

「질마재 국화밭에서」, 시, 2011. 겨울호.『문학사계』

「큰누님」, 시, 2011. 겨울호.『문학사계』

「미나리」, 시, 2011. 겨울호.『화백문학』

「쉬고 가렴」, 시, 2011. 겨울호.『화백문학』

「채마일기 - 태풍은 자고」, 시, 2011. 겨울호.『농민문학』

「호박 한 덩이」, 시, 2011. 겨울호.『농민문학』

「벚꽃길」, 시, 2012. 가을호.『문학사계』

「소를 타고」, 시, 2012. 가을호.『문학사계』

「8월의 백두산 천지에서」, 2012 여름호.『계절문학』(문협발간)

「내 노래 단비가 되어」, 시 2012. 봄호.『농민문학』

「해 질 무렵」, 시, 2012. 2.『농민문학』

「달 찾았다, 시」, 2012. 2.『농민문학』

「소로의 집」, 시, 2012. 겨울호.『문학사계』

「속달 주막 할머니」, 시, 2012. 겨울호.『문학사계』

「첫 눈」, 시,『이 한세상』12집

「속으로 타는 불꽃」, 시,『이 한세상』12집

「입춘」, 시,『이 한세상』12집

「품앗이」, 시,『이 한세상』12집

「장호농원 주민」, 시,『이 한세상』12집

「아가 일기」, 시,『이 한세상』12집

「숨은 꽃」, 시,『이 한세상』12집

「모래시계」, 시,『이 한세상』12집

「스무 살에게」, 시, 2013. 봄호.『아세아문예』

「이맘 때」, 시, 2013. 봄호.『문학사계』

「냉이 캐기」, 시, 2013. 봄호.『문학사계』

「봉정암 가던 날」, 시, 2013. 5.『시문학』

「손잡이」, 시, 2013. 5.『시문학』

「뒷걸음질」, 시, 2013. 4.『문예사조』

「노래, 시」, 2013. 9,10. 『문예비전』

「능소화」, 시, 2013. 9, 10. 『문예비전』

「유승규 소설가를 기리며」, 시, 2013. 가을호. 『문학사계』

「산마루길 쉼터 문고」, 시, 2013. 가을호. 『문학사계』

「현민이의 받아쓰기」, 시, 2013. 가을호. 『문학사계』

「못다 그린 그림」, 시, 2013. 가을호. 『문학사계』

「귀룽나무」, 시, 2013. 겨울호. 『서울문학』

「달밤」, 시, 2013. 겨울호. 『서울문학』

「뒷걸음질」, 시, 2013. 4. 『문예사조』

「돌을 줍다가」, 시, 2014. 2. 『문학공간』

「노힐부득 설화」, 시, 2014. 2. 『문학공간』

「미당시인 부인 방옥숙여사」, 시, 2014. 봄호. 『농민문학』

「어머니의 뒤주」, 시, 2014. 여름호. 『문학사계』

「금낭화」, 시, 2014. 여름호. 『문학사계』, 『이 한세상』 16집

「힘들지요?」, 시, 2014. 11. 『시문학』

「손자의 동물농장」, 시, 2014. 11. 『시문학』

「지금도 생각나는데」, 시, 2014. 가을호. 『문학사계』

「박종수의 혼자 술」, 시, 2014. 겨울호. 『문학사계』

「스무 살의 눈 길」, 시, 2014. 겨울호. 『문학사계』

「동백꽃」, 시, 『이 한세상』 16집

「1992년 미당未堂」, 시, 2014. 겨울호. 『해동문학』

「인간 채영신」, 시, 2014. 3. 『Pen Poem』 2호

「이제 남은 것은」, 시, 2015. 3. 『문학공간』

「너는 누구냐」, 시, 2015. 3.『문학공간』

「아버지」, 시, 2015. 봄호.『농민문학』

「바람이 심심하면」, 시, 2015. 봄호.『서울문학』

「어머니는 호미를 씻고」, 시, 2015. 봄호.『서울문학』

「장군의 비석」, 시, 2015. 봄호.『문학사계』

「바람결 매화향기」, 시, 2015. 봄호.『문학사계』

「국립 서울 현충원에서」, 시, 2015. 여름호.『농민문학』

「밑그림」, 시, 2015. 5.『월간문학』

「큰누님」, 시, 2015. 겨울호.『농민문학』

「그 자리에」, 시, 2015. 겨울호.『문학사계』

「칭찬」, 시, 2015. 겨울호.『문학사계』

「갈월리 노래」, 시, 2016. 3.『시문학』

「수렴동」, 시, 2016. 3.『시문학』

「우리 하늘」, 시, 2016. 봄호.『문학사계』

「내 논」, 시, 2016. 봄호.『농민문학』

「반 잔의 술」, 시, 2016. 여름호.『농민문학』

「나의 자리 1」, 시, 2016. 8.『문학공간』

「좋은 친구」, 시, 2016. 여름호.『문학사계』

「열매」, 시, 2016. 여름호.『문학사계』

「휴전선의 뻐꾸기」, 시, 2016. 여름호.『자유문학』

「전통차 한 잔」, 시, 2016. 가을호.『한국시학』

「옛동네」, 시, 2016. 가을호.『한국시학』

「명동골 이야기」, 시, 2016. 가을호.『서울문학』

「산수경석」, 시, 2016. 가을호.『서울문학』

「추억 탐색」, 시, 2016. 가을호.『문학사계』

「타작하는 날」, 시, 2016. 가을호.『문학사계』

「나의 별」, 시, 2016. 가을호.『문학사계』

「로토루아」, 시, 2016. 겨울호.『문학사계』

「봉숭아 물들이면」, 시, 2016. 겨울호.『문학사계』

「들향기」, 시, 2016. 통권275호『순수문학』

「염불소리」, 시, 2016. 통권275호『순수문학』

「도자기와 좌대에 놓은 돌」, 시, 2016. 8.『문학공간』

「아버지의 벽시계」, 시, 2017. 3.『문학공간』

「시골 이야기」, 시, 2017. 3.『문학공간』

「꽃 필 때 마이산에 가면」, 시, 2017. 봄호.『문학사계』

「경포호의 달」, 시, 2017. 봄호.『문학사계』

「월미도에 간다」, 시, 2017. 봄호.『문학사계』

「돌 이야기」, 시, 2017. 겨울호.『문학사계』

「한 노인의 말씀」, 시, 2017. 겨울호.『문학사계』

「영월 동강에 가면」, 시, 2017. 겨울호.『문학사계』

「칡뫼마을」, 시, 2017. 겨울호.『문학사계』

「화진포 노래」, 시, 2017. 가을호.『문학사계』

「물을 데 없으니」, 시, 2017. 가을호.『문학사계』

「세화 다녀가다」, 시, 2017. 가을호.『문학사계』

「흙냄새 그리워」, 시, 2017. 여름호.『푸른문학』

「잔디밭에서」, 시, 2017. 여름호.『푸른문학』

「그 자리에 놓인 대로」, 시, 2017. 여름호.『문학사계』

「세연이」, 시, 2017. 여름호.『문학사계』

「곡성나들이」, 시, 2017. 여름호.『푸른문학』

「고故변세화 시인을 추모하며」, 시, 2017. 여름호.『서울문학』

「천강의 달」, 시, 2017. 겨울호.『서울문학』

「씀바귀꽃」, 시, 2017. 겨울호.『서울문학』

「강아지도 봄맞이 간다」, 시, 2018. 봄호.『문예시대』

「눈밭에 그린 새」, 시, 2018. 봄호.『문예시대』

「수레국화」, 시, 2018. 봄호.『문학사계』

「염소의 담배」, 시, 2018. 봄호.『문학사계』

「달 맞으러」, 시, 2018. 봄호.『문학사계』

「풀이 되어」, 시, 2018. 2.『문학공간』

「나도 하고 싶은 말」, 시, 2018. 2.『문학공간』

「황혼에 그린다」, 시, 2018. 봄호.『농민문학』

「아름다운 여운」, 시, 2018. 여름호.『문학사계』

「은덕」, 시, 2018. 여름호.『문학사계』

「금수산 도토리의 꿈」, 시, 2018. 여름호.『문학사계』

「감자꽃 노래」, 시, 2018. 여름호.『농민문학』

「풀향기 꽃내음」, 시, 2018. 가을호.『문학사계』

「솔밭길 걷기」, 시, 2018. 가을호.『문학사계』

「돌배나 사과나」, 시, 2018. 가을호.『문학사계』

「웃는 관악산」, 시, 2018. 겨울호.『문학사계』

「석청 타는 여인」, 시, 2018. 겨울호.『문학사계』

「하현달」, 시, 2018. 겨울호.『문학사계』

「흥륜사의 호랑이」, 시, 2018. 겨울호.『서울문학』

「서달산 노래」, 시, 2018. 겨울호.『서울문학』

「감자꽃 노래」, 시, 2018. 여름호.『농민문학』

「촌티 내기」, 시, 2018. 겨울호.『농민문학』

「미당 국화차」, 시, 2019. 봄호.『문학사계』

「반달」, 시, 2019. 봄호.『문학사계』

「바람이 내게 와」, 시, 2019. 봄호.『문학사계』

「산은」, 시, 2019. 여름호.『문학사계』

「계양산에 간다」, 시, 2019. 여름호.『문학사계』

「유년송」, 시, 2019. 여름호.『문학사계』

「젖니간니」, 시, 2019. 여름호.『문학사계』

「숨박꼭질」, 시, 2019. 여름호.『문학사계』

「수저」, 시, 2019. 여름호.『문학사계』

「낙엽에 이름을 쓴다」, 시, 2019. 5.『문학공간』

「시의 맛」, 감동, 재미, 멋, 시, 2019. 가을호.『문학사계』

「뒷동산 거북바위」, 시, 2019. 가을호.『문학사계』

「빈 자리」, 시, 2019. 가을호.『문학사계』

「할머니의 옛이야기」, 시, 2019. 가을호.『농민문학』

「초임지」, 시, 2019. 가을호.『서울문학』

「지금」, 시, 2019. 가을호.『서울문학』

「벌초」, 시, 2019. 겨울호.『농민문학』

「막다른 길에서」, 시, 2019. 겨울호.『문예시대』

「꽃 한 줌」, 시, 2019. 겨울호.『문예시대』

「웃으며 산다」, 시, 2019. 겨울호.『문학사계』

「누나 분꽃 별」, 시, 2019. 겨울호.『문학사계』

「계양산 추억」, 시, 2019. 겨울호.『문학사계』

「낮은 담장」, 시, 2020. 1.『순수문학』

「석양의 노래」, 시, 2020. 2.『순수문학』

「박목월 선생님」, 시, 2020. 봄호.『문학사계』

「염소의 초상」, 시, 2020. 봄호.『문학사계』

「용의 눈」, 시, 2020. 봄호.『문학사계』

「홍련암」, 시, 2020. 봄호.『문학사계』

「우물가」, 시, 2020. 봄호.『문학사계』

「제주 양반집」, 시, 2020. 봄호.『농민문학』

「꿈꾸는 섬」, 시, 2020. 봄호.『서울문학』

「푸르른 시절」, 시, 2020. 봄호.『서울문학』

「산이 내게 와」, 시, 2020. 6.『순수문학』

「떠돌이 강아지」, 시, 2020. 6.『순수문학』

「즈문 해의 잠을 깨어」, 시, 2020. 여름호.『문학사계』

「나의 자리 2」, 시, 2020. 여름호.『문학사계』

「심심한 날은」, 시, 2020. 여름호.『문학사계』

「와불도 거북바위도」, 시, 2020. 여름호.『문학사계』

「바보새」, 시, 2020. 7.『시문학』

「비 내리는 날」, 시, 2020. 여름호.『농민문학』

「고마운 날」, 시, 2020. 6.『문학공간』

「귀룽나무 그늘에서」, 시, 2020. 6.『문학공간』

「5월의 희화」, 시, 2020. 가을호.『농민문학』

「세 친구」, 시, 2020. 가을호.『문학사계』

「할머니의 육아일기」, 시, 2020. 가을호.『문학사계』

「말 한 마디」, 시, 2020. 가을호.『문학사계』

「종이 편지」, 시, 2020. 가을호.『문학사계』

「시집을 띄우며」, 시, 2020. 겨울호.『문학사계』

「노들강변 걷다가」, 시, 2020. 겨울호.『문학사계』

「엄마 시인의 집」, 시, 2021. 6월호.『시문학』

「다듬이질 소리」, 시, 2021. 6월호.『시문학』

「화암약수터 할머니」, 시, 2021. 봄호.『문학사계』

「석양에 피는 꽃」, 시, 2021 봄호.『문학사계』

「석양길에」, 시, 2021 봄호『문학사계』

「명상의 조각보」, 시, 2021 여름호.『문학사계』

「일기장에서」, 시, 2021 여름호.『문학사계』

「강가에 나와」, 시, 2021 여름호.『문학사계』

「보길도에서 온 돌」, 시, 2021 여름호.『문학사계』

「놀 던 바위」, 시, 2021 가을호.『문학사계』

「한라봉 천혜향」, 시, 2021 가을호.『문학사계』

「잎이 지고 피는 꽃」, 시, 2021 가을호.『문학사계』

「달에 뜨더라」, 시, 2021 가을호.『문학사계』

「손 모아 그려보는」, 시, 2021 봄호.『농민문학』

「나쁜 사람」, 시, 2021 여름호.『농민문학』

「콩 심은데 콩 나고」, 시, 2021 가을호.『농민문학』

「조선 막사발」, 시, 2021 봄호.『문예비전』

「옛길」, 시, 2021 6월호.『문학공간』

「옛 생각」, 시 2021 10월호.『순수문학』

「석양을 마주서서」, 시, 2021 10월호.『순수문학』

「돌 안고 와」, 시, 2021 가을호.『서울문학』

「반 논의 허수아비」, 시, 2021 가을호.『서울문학』

「회상 이창년 선생」, 시, 2021 겨울호.『문학사계』

「봉황이 지나간 자리」, 시, 2021 겨울호.『문학사계』

「초가지붕 용고새」, 시, 2021 겨울호.『문학사계』

「강열네 감나무」, 시, 2021 겨울호.『문학사계』

「이만하면」, 시, 2021 봄호.『문학사계』

「눈밭에 홀로」, 시, 2021 봄호.『문학사계』

「남원 나들이」, 시, 2021 봄호.『문학사계』

「후회」, 시, 2021 봄호.『문학사계』

「혼자서 웃는다」, 시, 2021 겨울호.『농민문학』

「할매 시인」, 시, 2022 봄호.『농민문학』

「둘이 만날 때」, 시, 2022 3월호.『농민문학』

「달이어라」, 시, 2022 3월호.『문학공간』

「참 잘한 일」, 시, 2022 여름호.『문학사계』

「고향의 안개」, 시, 2022 여름호.『문학사계』

「오랜 맛」, 시, 2022 여름호.『문학사계』

「다섯 나무」, 시, 2022 여름호.『문학사계』

「새색시」, 83호, 2022 가을호. 『문학사계』

「이슬 또는 눈물 한 방울」, 2022 가을호『문학사계』

「산을 오른다」, 83호, 2022 가을호.『문학사계』

「짓고 싶은 집」, 83호, 2022 가을호.『문학사계』.

「싸락눈이 내린다」, 84호 2022 겨울호.『문학사계』

「선운리 애기동백」, 84호 2022 겨울호.『문학사계』

「천지의 물을 갈어」, 84호. 2022 겨울호.『문학사계』

「미당이 아내에게 건네는 말씀」, 85호 시, 2023 봄호.『문학사계』

「동화의 시절」, 시, 85호 2023 봄호.『문학사계』

「춘향이라는 처녀」, 시, 86호 2023 여름호,『문학사계』

「너도 오너라」, 시, 86호 2023 여름호,『문학사계』

찾아보기

MEMO

MEMO

MEMO

시인소개

엄한정嚴漢晶

▸ 아호 : 오하梧下, 염소念少
▸ 1936년 인천 출생
▸ 서라벌예술대학 및 성균관대학교 졸업
▸ 1963년 아동문학(박목월 추천)지와, 현대문학(서정주 추천)지로 등단
▸ 시집 : 『낮은 나리』, 『풀이되어 산다는 것』, 『머슴새』, 『꽃잎에 섬이 가리
　운다』, 『면산담화』, 『풍경을 흔드는 바람』, 『나의 자리』 등
▸ 동인지 : 『이한세상』 1~18집
▸ 국민훈장석류장, 한국현대시인상 본상, 성균문학상 본상, 일붕문학상,
　한국농민문학상, 한송문학상 미당시맥상
▸ 한국문인협회 감사, 국제펜클럽한국본부 이사, 한국현대시시인협회 부
　회장, 한국농민문학회 회장, 미당시맥회 회장, 한국문인산악회 회장 등
　엮임
▸ 이한세상 동인, 교직 40년 경력

우)08730
주소) 서울특별시 관악구 관악로 304. 110동 703호(봉천동 현대아파트)
전화) 010-2224-9248 / 02-872-9248
Email) oha703@daum.net

엄한정 시전집

초판 인쇄	2023년 06월 7일
초판 발행	2023년 06월 12일
지은이	엄한정
펴낸이	황혜정
펴낸곳	문학사계
우편번호	03115
주소	서울시 종로구 종로66길 20(계명빌딩 502호)
연락처	010_2561_5773
이메일	songmoon12@hanmail.net
배포처	북센 / 전화 : 031-955-6706
등록번호	제318-2007-000001호
ISBN	979-89-93768-70-1-03810

※ 잘못된 책은 구입처에서 교환해 드립니다.

값 45,000원